BODAS DE HIEL

SARA CRAVEN

HARLEQUIN™

Editado por Harlequin Ibérica.
Una división de HarperCollins Ibérica, S.A.
Núñez de Balboa, 56
28001 Madrid

© 2007 Sara Craven
© 2016 Harlequin Ibérica, una división de HarperCollins Ibérica, S.A.
Bodas de hiel, n.º 2478 - 13.7.16
Título original: Innocent on Her Wedding Night
Publicada originalmente por Mills & Boon®, Ltd., Londres.
Este título fue publicado originalmente en español en 2008

I.S.B.N.: 978-84-687-8437-3
Depósito legal: M-13654-2016
Impresión en CPI (Barcelona)
Fecha impresion para Argentina: 9.1.17
Distribuidor exclusivo para España: LOGISTA
Distribuidores para México: CODIPLYRSA y Despacho Flores
Distribuidores para Argentina: Interior, DGP, S.A. Alvarado 2118.
Cap. Fed./Buenos Aires y Gran Buenos Aires, VACCARO HNOS.

Capítulo 1

CUANDO el ascensor comenzó a subir hacia el cuarto piso, Laine Sinclair dejó en el suelo la pesada bolsa de viaje, estiró los dedos agarrotados y se apoyó en la pared. Había llegado hasta allí impulsada sobre todo por la rabia y la decepción, pero en aquel momento, cuando estaba a punto de encontrar refugio, las fuerzas la estaban abandonando, y su cuerpo acusaba el desfase horario, debido al vuelo, y el dolor del tobillo, a pesar de la venda.

«Ya estoy en casa», pensó mientras se pasaba la mano por el pelo. Casa, baño y cama. Sobre todo cama. Tal vez se preparara antes algo caliente para beber. Probablemente no.

No habría nadie en el piso. Jamie estaría trabajando, y aquel día no le tocaba ir a la mujer de la limpieza. Así que nadie la mimaría, por mucho que lo necesitara. Pero habría una paz y una tranquilidad totales para poder dormir y aliviar la tensión antes de que comenzara el interrogatorio que ya se imaginaba: «¿Por qué has vuelto?». «¿Qué ha pasado con el negocio de alquilar el barco?». «¿Y dónde está Andy?». Tendría que responder en algún momento a esas y a otras preguntas, pero ya se preocuparía de ello a su debido tiempo. Y al menos Jamie, debido a los altibajos de su vida laboral, no le diría: «Ya te lo advertí».

El ascensor se detuvo. Laine se echó la bolsa al hombro y salió al pasillo haciendo una mueca de dolor a causa del tobillo. Buscó la llave en el cinturón de viaje. No había sido su intención llevársela. Tenía que haberla dejado, como símbolo de su antigua vida. No la iba a necesitar en un barco.

Entró en el piso, dejó la bolsa y echó una mirada al amplio cuarto de estar que, junto a la cocina que había enfrente, constituía el territorio neutral de la casa. Los dos dormitorios, uno frente al otro, se regían por leyes de estricta intimidad. Era un sistema que funcionaba bien.

Observó que la casa estaba inusualmente limpia. No había las botellas vacías, los periódicos arrugados ni los envases de comida para llevar que acompañaban a su hermano en la vida diaria cuando no estaba ella para evitarlo. Tal vez sus constantes reproches habían dado resultado. Al menos no tendría que abrirse camino para llegar a su inmaculado dormitorio. Pero a ese pensamiento le siguieron otros dos. Primero, que la puerta de su habitación estaba entreabierta, cuando debería estar cerrada y, segundo, que había alguien en ella.

«Bueno», pensó, «llevo más de un mes fuera. Quizá la señora Archer venga a otra hora y por eso está todo tan limpio».

Iba a decir algo, para anunciar que estaba allí, pero no llegó a pronunciar palabra, porque la puerta de su habitación se abrió del todo y un hombre totalmente desnudo salió por ella.

Laine gritó. Cerró los ojos y, apresuradamente, dio un paso hacia atrás, lo que hizo que chocara con la bolsa de viaje y se volviera a torcer el tobillo. Una punzada de dolor le recorrió el cuerpo de arriba abajo. El intruso dijo una frase en la que se mezclaban la blasfemia y la obscenidad y desapareció por donde había salido, mientras Laine se quedaba allí como si se hubiera vuelto de piedra y, en su cabeza, una vocecita asustada murmuraba: «¡No, oh no!». Porque había reconocido aquella voz. La conocía tan bien como la suya propia, aunque no creía que la volvería a oír. No había tenido tiempo de reconocer el cuerpo; además siempre lo había visto con algo de ropa. Sin embargo, no le cabía duda alguna de la identidad del intruso, por lo que, mientras agarraba la bolsa, decidió marcharse.

Se dirigía a la puerta cuando volvió a oír la voz del hombre.

–Elaine –su odiado nombre completo, pronunciado con cansado desdén–. Eres la última persona a quien esperaba ver. ¿Qué demonios haces aquí?

–¿Daniel? –se obligó a decir su nombre en voz alta–. ¿Daniel Flynn? –se volvió lentamente, con la boca seca, y observó aliviada que se había puesto una toalla en la cintura y que se apoyaba despreocupadamente en el quicio de la puerta. Pensó que no había cambiado mucho en dos años, por lo menos a primera vista. El pelo oscuro y despeinado seguía siendo más largo de lo convencional. La cara delgada e incisiva, de pómulos altos y labios bien modelados, seguía dejando sin respiración. El largo cuerpo era aún más fuerte de lo que ella recordaba, con las piernas interminables y el vello en el pecho que descendía en forma de flecha hacia el vientre plano.

Así que, a pesar de que él observaba unas rudimentarias reglas de decencia, no había nada por lo que sentirse aliviada. Todo lo contrario...

–No me lo puedo creer. Creí que no te volvería a ver –dijo ella en tono venenoso.

–Pues me has visto como no podías ni imaginar –la miró de arriba abajo con insolencia en sus ojos de color avellana y largas pestañas mientras agarraba unos vaqueros blancos y una camiseta azul oscuro–. Así es la vida.

–¿Qué haces aquí? –Laine alzó la barbilla con orgullo, tratando de no sonrojarse.

–Ducharme –su rostro bronceado emanaba hostilidad–. ¿No es evidente?

–Es igualmente evidente que no es eso lo que te he preguntado –se esforzó para que no le temblara la voz y para recuperar el control en aquella situación molesta e inesperada–. Lo que quiero saber es qué haces en esta casa.

–Eso te lo he preguntado yo primero. Creía que te habías ido a los cayos de Florida a trabajar.

–Sí, he estado trabajando en un negocio de alquiler de barcos –respondió ella con sequedad.

–Por eso quería saber qué haces aquí en vez de estar sirviendo daiquiris helados en cubierta.

–No tengo que darte explicaciones –dijo Laine con frialdad–. Lo único que tienes que saber es que he venido para quedarme. Así que vístete y sal de esta casa antes de que llame a la policía.

–¿Tengo que echarme a temblar y obedecerte? –la miró con desprecio–. Ni lo sueñes, cariño. Porque a menos que tu hermano me haya mentido, y, francamente, no creo que se haya atrevido, la mitad de este piso es suya, y esa es la parte que estoy usando.

–¿Que estás usando? ¿Con qué derecho?

–He firmado un contrato de alquiler de tres meses.

–Lo has hecho sin mi permiso –el corazón le latía con fuerza.

–No estabas aquí –le recordó–. Y Jamie me aseguró que no volverías. Creía que tú y tu compañero de trabajo ibais a contemplar juntos las puestas de sol. ¿O entendió mal?

Sí, había entendido mal. Pero, entonces, Laine había pensado que lo más sensato era que Jamie lo creyera así.

–Ha habido un ligero cambio de planes.

–Ah –replicó él–, así que otro más que muerde el polvo. Espero que no lo conviertas en un hábito. Sin embargo, el acuerdo al que llegué con tu hermano es que la casa estaría a mi entera disposición durante su ausencia por su viaje a Estados Unidos.

–¿Ausencia? ¿Desde cuándo?

–Desde hace tres semanas –hizo una pausa–. Es un trabajo temporal.

–¿Por qué no me lo ha dicho?

–Pasó todo muy deprisa. Trató de ponerse en contacto contigo, pero no pudo localizarte. No contestaste a las llamadas telefónicas ni a los faxes que te envió a la oficina.

Se encogió de hombros, lo que hizo que ella dirigiera su atención, involuntariamente, a sus musculados hombros y a su cuerpo. Laine pensó que la toalla que llevaba era cortísima y que se le podía caer en cualquier momento. Optó por desviar la mirada.

–Suponiendo que ese dudoso acuerdo sea válido –dijo con los dientes apretados–, eso no explica que hayas salido de mi dormitorio.

–Pero es que ahora es el mío –dijo él con una sonrisa dura–. Al fin duermo en tu cama, cariño. Y hubo una época –añadió con voz suave– en que la idea parecía atraerte un poco.

–Eso fue antes de que me convirtiera en «una tramposa, una mentirosa y una bruja». Cito textualmente.

–Y con notable exactitud. Pero ocupar tu habitación no ha sido una elección voluntaria impulsada por la malicia. Ni tampoco por la nostalgia –añadió–. Sencillamente ha sido una cuestión de conveniencia.

–Sin embargo, comprenderás –continuó ella, como si no lo hubiera oído– por qué no quiero vivir bajo el mismo techo contigo, del mismo modo que no quería hace dos años.

–Veo que puede ser un problema.

–Me alegro de que estés dispuesto a ser razonable –estaba sorprendida–, por lo que espero que te traslades inmediatamente con tus pertenencias a un entorno más adecuado.

–¿A poder ser al infierno? –sonrió abiertamente–. No me has entendido, querida. El problema que pueda haber es tuyo, no mío, porque no me voy a marchar. Lo que tú decidas hacer, desde luego, es asunto tuyo.

–No puedes hacerme esto –lo miró consternada.

–Claro que puedo –se volvió a encoger de hombros mientras se ajustaba con gesto despreocupado la toalla.

–Pero en realidad no quieres vivir aquí.

–¿Por qué no? Salvo los cinco últimos minutos, ha sido muy agradable.

–¿Cómo soportas semejante humillación? –arrastró las palabras como si de pronto se hubiera dado cuenta de lo gracioso de la situación–. Al fin y al cabo, esto es un piso, no el elegante ático de un magnate de la industria editorial. Los grifos no tienen diamantes incrustados. No es un lugar para ti –hizo una pausa–, a no ser que la empresa haya quebrado desde que la diriges y lo único que puedas permitirte sea esto.

–Lamento decepcionarte –dijo sin traslucir emoción alguna–, pero la empresa va muy bien. Y estoy viviendo aquí porque me resulta conveniente durante una temporada –cruzó los brazos–. Date cuenta, Laine, que has vuelto sin decir nada a nadie, ni siquiera a Jamie, que creía que no volverías nunca. Y la vida no se ha detenido esperando tu regreso. El acuerdo es únicamente con Jamie, por lo que no puedo impedirte que uses la otra mitad del piso si lo deseas –añadió–.

–Eso es imposible –dijo sin mirarlo–. Y lo sabes.

–Pues no, no lo sé. Me da igual que te quedes o que te vayas. A no ser que te hagas ilusiones pensando que todavía siento cierta inclinación por ti. Si es así, desengáñate –hizo una pausa mientras observaba cómo ella se ruborizaba sin poder remediarlo–. Pero ten esto muy presente: no vas a insultarme hablando de mi profesión, y apelar a mi lado bueno tampoco te va a servir de nada.

—No sabía que tuvieras un lado bueno.

—En estos momentos está sometido a una tremenda presión. Si no quieres compartir el piso, vete. Es muy sencillo, así que decídete.

—Esta es mi casa –dijo ella–. No tengo a donde ir.

—Entonces haz lo que te digo. Considéralo un favor. Así que si decides que esto es mejor que dormir debajo de un puente, deja de discutir y empieza a organizarte, porque te llevará cierto tiempo. En cuanto a la comida, tendrás que comprarte la tuya, porque no voy a pagártela. Ya hablaremos de cómo dividir las facturas –se dio la vuelta para marcharse–. Y no me pidas que te devuelva tu habitación –añadió–. Porque una negativa suele ofender.

—No se me ocurriría hacerlo –dijo Laine entre dientes–. Al fin y al cabo, te habrás ido dentro de unas semanas. Hasta ese venturoso día, me quedaré en la habitación de Jamie.

—Y después seguro que fumigarás la casa y quemarás tu cama –replicó él con sonrisa sardónica.

—Me lo has quitado de la boca –le espetó mientras él cerraba la puerta.

Se quedó clavada en el sitio. Aquello era un mal sueño. «Pronto me despertaré y se habrá acabado, y podré rehacer mi vida». Temblaba con tanta violencia, que lo único que quería era tumbarse en el suelo y quedarse así. Pero Daniel podía salir en cualquier momento, y bajo ningún concepto quería que la viera postrada a sus pies como un animal herido. No había creído que volvería a verlo, al menos no cara a cara. Se decía que lo había expulsado de su vida para siempre. Había puesto la suficiente distancia entre ambos como para ahorrarse el dolor de verlo por casualidad. Se había prometido que, poco a poco, los recuerdos de lo que había pasado entre ellos irían borrándose y hallaría un poco de paz. Pero ahí estaba de nuevo, y toda la vergüenza y los traumas del pasado compartido seguían tan vívidos y dolorosos como siempre.

«No he olvidado nada», pensó. «Y él tampoco». Se pasó la lengua por los labios resecos. «Cierta inclinación»: esas eran las palabras que había empleado, y se le habían quedado grabadas. Porque eso era lo que había sido. Y la pasión desesperada y el deseo febril solo lo había experimentado ella. «Pero no consentiré que crea que todavía me importa. Tengo que convencerlo de que lo he superado y he madurado», se dijo.

Esperó a que el corazón y la respiración recuperaran su ritmo normal y se dirigió lentamente a la habitación de Jamie para no forzar su dolorido tobillo. Bajó el picaporte y trató de abrir la puerta, pero esta se resistió con obstinación como si hubiera algo detrás que lo impidiera. Laine empujó con el hombro y consiguió abrirla lo suficiente como para entrar encogiéndose. Se quedó clavada en el sitio y lanzó un grito ahogado de consternación, porque aquello ya no era un dormitorio, sino un vertedero. No había un solo centímetro que no estuviera ocupado. Había montones de cajas en el suelo, cajones con libros y discos compactos y varias maletas. El colchón estaba cubierto con el contenido de su armario ropero. Y lo que le había impedido entrar era una bolsa llena hasta los topes que se había caído al suelo. Como si estuviera soñando, Laine la agarró y la puso en su sitio. Aquello era similar a dormir debajo de un puente. Se dio cuenta de que tardaría horas en hacer el sitio suficiente para simplemente cruzar la habitación. En cuanto a bañarse y a dormir, cosas que tanto necesitaba, parecía que, en un futuro inmediato, no pasarían de ser un sueño.

Horrorizada, sintió que los ojos se le llenaban de lágrimas. Después de lo espantoso que había resultado todo con Andy, volvía a casa para encontrarse con aquello. Además de al maldito Daniel Flynn. «Te llevará cierto tiempo»; esas habían sido sus palabras. ¡El muy canalla! Sabía perfectamente con lo que iba a encontrarse en la habitación. Todo aquello no era de Jamie, así que tenía que ser de Daniel. Dormía en la habitación de ella y usaba aquella como trastero.

—Si pudiera llegar a la ventana —murmuró con furia, borrando todo resto de autocompasión— tiraría todo a la calle.

Daniel había puesto sobre la cama toda la ropa que era de ella, incluso la ropa interior; solo de pensarlo se moría de vergüenza. Se juró que lavaría y plancharía cada prenda antes de volvérsela a poner. Pero si Daniel creía que ella sola se iba a hacer cargo de aquel espantoso desorden, estaba listo. Se dijo que no se iba a salir con la suya mientras se dirigía cojeando a su habitación y aporreaba la puerta.

Se abrió de inmediato y Daniel se enfrentó a ella sin sonreír. Se había puesto unos vaqueros, pero seguía descalzo y con el torso descubierto. Laine sintió que se le secaba la boca al verse asaltada por recuerdos no deseados.

—¿Y ahora qué pasa? —preguntó.

—La otra habitación está hecha una pocilga. Quiero saber qué te propones hacer al respecto.

—Nada —respondió secamente—. No es mi problema.

—¿Qué demonios insinúas? Está llena de tus cosas y quiero que las saques inmediatamente.

—La voz de mando —frunció los labios—. No has perdido el tiempo mientras navegabas. ¿Y qué viene después en el orden del día, capitán?

—Esa es ahora la mitad del piso que me corresponde —dijo señalando la habitación detrás de sí—. Y la quiero vacía.

—Entonces te sugiero que te pongas a ello —parecía

aburrido–. Aunque Dios sabe dónde vas a poner todo eso. A propósito, nada de lo que hay en la habitación es mío. Algunas cosas son de tu hermano, pero la mayor parte son de una tal Sandra, que creo que se ha ido con él a Nueva York.

–¿Jamie ha dejado todo eso? –lo miró fijamente–. ¿Me ha dejado semejante desorden? No es posible. Nunca lo haría... –su voz se fue apagando.

–¿Ah, no? Si quieres discutirlo con él, puedo darte su número de teléfono de Manhattan.

–No te molestes. Ya me las arreglaré –iba a darse la vuelta y a marcharse dignamente, pero mientras lo hacía el dolor en el tobillo hizo que gritara y que casi perdiera el equilibrio.

–Si pretendes que te compadezca, puedes ahorrártelo, Laine.

Ella se dio cuenta de que el tobillo no le respondía mientras inspiraba con fuerza y trataba con precaución de apoyar el peso en él. Se estremeció sin poderlo remediar.

–¿Qué te pasa? –le preguntó sosteniéndola por el codo.

–No me toques –trató de librarse de su mano, pero él había visto la venda y la agarraba con más fuerza.

–¿Qué te has hecho? –parecía resignado.

–Me he torcido el tobillo. Déjame en paz.

–No soy yo quien se queja del dolor.

Horrorizada, vio cómo Daniel la tomaba en brazos y la llevaba a uno de los sofás que había al lado de la chimenea. Fue cuestión de un segundo, pero sirvió para revivir en ella el intenso recuerdo del aroma fresco de su piel desnuda. Con una sensación similar al pánico, pensó que no necesitaba aquello. Él se arrodilló y comenzó a desenrollarle la venda.

–Puedo arreglármelas sola –dijo con voz cortante.

–¿Ah, sí? –le lanzó una mirada irónica.

Laine se rindió. Miró por encima del hombro masculino, mordiéndose los labios, mientras él le examinaba el tobillo hinchado. Tenía los nervios de punta.

–¿Cuándo te lo has hecho?

–El otro día –respondió, encogiéndose de hombros.

–Deberías haber guardado reposo desde el primer momento. Así que empieza a hacerlo ahora mismo –se levantó con agilidad y fue a la cocina, de donde volvió al cabo de unos minutos con una bolsa de plástico llena de cubitos de hielo–. Toma, póntelo en el tobillo.

Ella lo hizo de mala gana y con expresión rebelde mientras Daniel se lo sujetaba con la venda.

–Gracias –dijo ella con voz tensa.

–No hay de qué –respondió él mientras se ponía de pie–. Me interesa mucho que las dos piernas te funcionen como es debido. Buscar empleo implica mucho ejercicio, y tienes que empezar a cobrar un sueldo sin demora.

–No te preocupes. Siempre he pagado lo mío.

–No siempre. Pero ahora prefiero que me paguen en efectivo en vez de en especie. Es más seguro.

–¿Qué quieres decir? –se puso rígida.

–Adivínalo –le replicó con frialdad, y volvió a marcharse a la cocina mientras ella respiraba con dificultad debido a la furia que experimentaba. Al regresar llevaba un vaso de agua y dos cápsulas.

–Tómatelas.

–¿Qué son?

–Calmantes. No te preocupes, que no te vas a despertar dentro de dos días en un burdel de Oriente Medio.

«Si supieras», pensó mientras se tomaba las pastillas de mala gana, «si tuvieras la más mínima idea de lo que ha pasado en los últimos días, tal vez entenderías por qué estoy tan nerviosa. Pero no lo sabes, y eres la última persona en el mundo a quien se lo contaría».

–¿Has comido? –preguntó él con el ceño fruncido.

–Me han dado de comer en el avión –no había probado bocado. Tenía el estómago revuelto y el corazón destrozado, y no dejaba de darle vueltas a lo que Andy había hecho, a su brutal traición. Y después de salir tambaleándose del infierno, después de todo lo que había sufrido, encontrarse con aquel hombre era el golpe definitivo.

–Voy a hacer café. ¿Quieres? –preguntó él.

–No, gracias –se recostó en los cojines y cerró los ojos.

Dejar de verlo era un comienzo, el comienzo de una larga lucha para liberarse de él y de los recuerdos que revivía en ella, que, por increíble que pudiera parecer, aún, al cabo de dos años, la dejaban destrozada. A pesar de tener los ojos cerrados, supo que se había ido. ¿Cómo podía ser tan consciente de alguien que la había traicionado de modo deliberado y cínico, que había destruido su autoestima y su seguridad y le había provocado el dolor del primer amor? Un amor que la había dejado hecha pedazos e insatisfecha. No debía pensar en ello. Ni en aquel momento ni nunca. Tenía otras preocupaciones más importantes, como encontrar trabajo, como él le había indicado con tanta delicadeza. Oyó el ruido de los cacharros en la cocina y se removió inquieta.

Las semanas siguientes, iban a ser una agonía que ningún calmante podría aliviar. A pesar de sus sentimientos, no podía mudarse a otro sitio inmediatamente, y él probablemente lo supiera. Siempre había esperado que si, por desgracia, en un futuro lejano se volvieran a ver, ella se sentiría tan segura debido a su éxito y a su felicidad, que podría mirarlo a la cara con indiferencia. Pero el destino tenía otros planes. No sabía cuánto dinero tendría en su cuenta, pero no sería mucho. Y había utilizado lo que le quedaba de crédito en la tarjeta para comprar el billete de vuelta. Y, como Jamie no estaba, no podía pedirle un préstamo.«He tocado fondo», pensó. «A menos que todavía se pueda caer más bajo».

–No te duermas, Laine –su voz la sobresaltó–. Trata de adaptarte a la hora de Londres o tardarás días en recuperarte del desfase horario.

Abrió lo ojos de mala gana y lo miró. Llevaba una taza en la mano.

–Te recomiendo que te lo bebas. Necesitas cafeína para despejarte.

–Si lo que tratas es de hacer las paces... –dijo ella con voz altiva.

–Ya lo sé. No va a servir de nada. Pero no te preocupes. No te ofrezco la paz, sino una tregua. Tómatelo.

Laine se mordió los labios y obedeció. Era un café solo, sin azúcar, como le gustaba, lo que hizo que el hecho de haberlo aceptado la mortificara aún más. Él se sentó frente a ella en el otro sofá, estiró las piernas y la observó con los ojos entrecerrados.

–¿Qué planes profesionales tienes ahora que la empresa de alquiler de barcos se ha ido a pique?

–Yo no he dicho eso –replicó a la defensiva.

–No es necesario. No has vuelto silbando alegremente.

Ella tomó otro trago de café mientras trataba de hallar una versión aproximada de la verdad.

–Digamos que mi socio y yo tenemos diferencias irreconciliables y lo hemos dejado.

–Eso me suena –comentó él sardónicamente, lo que hizo que ella se estremeciera–. ¿Es una ruptura definitiva o provisional? Es decir, ¿habéis terminado o solo hasta que él se arrastre de rodillas ante ti pidiéndote perdón?

–Eso no va a suceder. Y no quiero seguir hablando de ello.

–Un rasgo propio de la familia Sinclair –dijo él con

voz suave–. Dejar todo tipo de cosas sin decir. Es como si tratarais de tapar un volcán, ¿no te parece?

–No –repuso con frialdad–. Creo que hay que respetar la intimidad.

–¿Por eso no había forma de comunicarse contigo en Florida?

«No», pensó. «Eso fue porque Andy no había pagado el alquiler de la oficina y el dueño la cerró. Pero entonces yo no lo sabía».

–Jamie y yo somos hermanos. Pero no tenemos por qué pensar igual.

–Ya lo sé. Sandra habrá supuesto una sorpresa para ti, ¿verdad?

–Jamie ha tenido muchas amigas, y probablemente tendrá muchas más. Esta será una más.

–Pues me parece que no.

–¿En serio? –preguntó ella con sarcasmo–. Llevas dos años sin saber nada de nuestras vidas ¿y de pronto eres el confidente de mi hermano? No me lo creo.

–Eres tú la que no has estado en contacto, Laine. Jamie y yo hemos tenido mucho en los últimos meses, de un modo u otro.

Había algo, la forma de expresarse tal vez o el tono de su voz, que le produjo un ligero escalofrío, ya que, aparentemente, no había motivo ni probabilidad de que el camino de Jamie y el de Daniel se cruzaran. Jamie era un simple empleado de una empresa de contabilidad de la City, mientras que Daniel había heredado las empresas de su familia y se había convertido en un magnate editorial antes de los treinta. Además, había sido amigo de Simon, pensamiento que le produjo un dolor instintivo. Simon, su adorado hermano mayor, el chico de oro, diez años mayor que ella, había sido compañero de escuela de Daniel, dos de los estudiantes más prometedores en sexto curso, que jugaban al críquet y al tenis juntos. Hasta ahí llegaba el parecido, porque

Daniel era una persona solitaria, hijo único de un hombre que, tras la muerte de su esposa, había dedicado toda su energía y sus emociones al trabajo, expandiendo la empresa y comprando otras sin parar, sin tiempo para atender a un niño pequeño. En las vacaciones escolares lo dejaba en manos de personas a las que pagaba o lo enviaba a casa de algún conocido de negocios que tuviera hijos pequeños. Simon, en cambio, había tenido una madre, dos hermanos menores y una casa, Abbotsbrook, con un enorme y descuidado jardín, a la que volver al final del trimestre. Un lugar que en verano producía la ilusión de estar repleto de sol y calor.

Al final, Robert Flynn accedió de mala gana a que su hijo pasara parte de sus vacaciones con la familia de su amigo. Al fin y al cabo, como había señalado Angela Sinclair, la casa siempre estaba llena de gente. Tenían invitados casi cada fin de semana, por lo que uno más no se notaría. «Pero yo sí lo noté», pensó Laine con una punzada de dolor. Ese era un territorio prohibido al que no se atrevía a volver, sobre todo en aquellos momentos. Se acabó de tomar el café y dejó la taza en el suelo.

–Jamie está muy por debajo de ti, ¿verdad? Siempre lo has considerado inaguantable. Y estoy segura de que no te faltan sitios para vivir. Así que, ¿por qué aquí?

–Es un acuerdo que nos convenía a los dos.

–La empresa de Jamie no tiene sucursal en Nueva York –continuó ella–. ¿Qué está haciendo Jamie allí?

–Trabaja para mí –respondió Daniel–, en el departamento de derechos de autor de una de mis editoriales.

–¿Que trabaja para ti? –su voz denotaba incredulidad y su inquietud aumentaba–. Pero tenía un buen trabajo ¿Por qué lo ha cambiado?

–Quizá eso debieras hablarlo con él –Daniel acabó su café y se levantó–. Espera que lo llames.

–¿Has hablado con él? ¿Le has dicho que estoy aquí?

–Cuando estaba en la cocina. Le he dicho que había que sacar las cosas de su habitación y llevarlas a un depósito, corriendo él con los gastos, y está de acuerdo. Por desgracia, la empresa de mudanzas a la que he avisado no puede venir hasta mañana, así que tendrás que pasar la noche en el sofá.

–¿Por qué la has llamado? Soy totalmente capaz de organizarme.

–¿Quieres que vuelva a llamar y que anule el aviso? –preguntó Daniel en tono agradable.

Quería decirle que sí, pero sabía que sería una tontería, sobre todo cuando él se había encargado de que el trabajo se hiciera con rapidez. Y dormir en el cuarto de estar más tiempo de lo que fuera absolutamente necesario no le hacía ninguna gracia.

–No –dijo de mala gana–. Vamos a dejar las cosas como están.

–Una decisión muy sensata. Vas aprendiendo –hizo una pausa–. Tengo que ir al despacho un par de horas, así que podrás marear todo lo que quieras a tu hermano con tus objeciones sobre mi presencia no deseada. A pesar de que no servirá para nada. El trato ya está hecho –leyó el mensaje que le transmitían los ojos de ella, sus labios apretados, y sonrió–. Y no apoyes ese pie –le aconsejó–. Tiene que curársete pronto.

Saber que decía la verdad no contribuyó a ponerla de mejor humor ni a calmar la avalancha de emociones que amenazaba con sobrepasarla mientras lo veía entrar en su habitación, ¡la de ella!, y cerrar la puerta. La recorrió un escalofrío. «Qué desastre», pensó. «¿Qué demonios voy a hacer para solucionarlo?».

Capítulo 2

L dolor del tobillo fue disminuyendo poco a poco. Pero el dolor que experimentaba en su interior era otra historia. No había una forma rápida de aliviarlo y amenazaba con volverse insoportable a una velocidad que no había imaginado ni en sus peores pesadillas. Pero debería haberlo sabido, después de aquellos dos años de completa desdicha en que había tratado de enterrar en lo más profundo de su mente el dolor y el desconcierto... y de olvidar a Daniel. Sin embargo, sus intentos habían fracasado, lo que la había convencido de que solo lo conseguiría cambiando de vida por completo. Por eso había tomado la insensata decisión de marcharse a Florida, sin tener en cuenta todo lo que implicaba. Había considerado la propuesta de Andy una oportunidad para recuperarse, un modo de volver a empezar. Había pensado que con el océano y todo un continente entre Daniel y ella, tal vez tuviera una nueva oportunidad.

Pero solo al cabo de un mes ya estaba de vuelta. Y la consternación y la ira estaban dando paso rápidamente a la desesperación al contemplar lo que le depararían las semanas siguientes: ver a Daniel todos los días y saber que todas las noches dormiría a unos metros de ella. Tuvo una imagen repentina de él aquella noche, dos años antes, con la piel bronceada que realzaba el albornoz blanco y una expresión de absoluta incredulidad a la luz de la luna mientras ella le repetía, una y otra vez, en voz baja y ronca y hablando a trompicones, que su boda, celebrada unas horas antes, había sido un error terrible y desastroso. Y que se había acabado incluso antes de haber comenzado. Le obligó a aceptar que era verdad lo que decía, y al final la creyó y la dejó con amargas palabras. Pero había hecho lo que ella deseaba. El matrimonio se había disuelto con una rapidez y una discreción que no creía posibles.

Pensó que «disuelto» era una extraña palabra en el contexto de poner fin a un matrimonio, como si implicara que la relación había desaparecido, como la lluvia al caer sobre la tierra. Pero lo que se produjo fue un desgarramiento agónico y la destrucción de sus esperanzas y sueños. Tampoco había servido para que Daniel desapareciera de su vida, como esperaba. Porque cuando comenzó a vivir y a trabajar en Londres, lo veía por todas partes: en fiestas muy concurridas, en el patio de butacas de un teatro, al mirar desde el entresuelo, o en periódicos y revistas. Nunca estaba solo: su corte de mujeres parecía interminable. Aunque era lo que cabía esperar, pues era un hombre libre, ya que no tenía el corazón ni la vida hechos añicos, como era el caso de ella. Pero, por fortuna, nunca habían estado lo suficientemente cerca como para que sus miradas se cruzaran o para saludarse. Un instinto atávico la advertía de su presencia, lo que le permitía evitarlo y pasar desapercibida. Hasta aquel día, desde luego, en que sus antenas habían dejado de funcionar debido a la confusión de lo que había ocurrido los dos días anteriores. «Pero ¿cómo podía imaginar que iba a suceder algo así?», se preguntó.

El corazón comenzó a latirle con fuerza al ver que la puerta de la habitación volvía a abrirse. Se había vestido de ejecutivo: elegantes pantalones negros, una camisa de un blanco inmaculado y una corbata granate de seda. Se estaba poniendo unos gemelos de oro y pasó por delante de ella sin mirarla mientras se dirigía a la habitación de Jamie.

–¿Qué vas a hacer? –consiguió articular.

–Hacer sitio para que puedas llegar al cuarto de baño sin dañarte aún más en el tobillo –contestó con sequedad.

–No te molestes, por favor –Laine alzó la barbilla–. Puedo arreglármelas sola.

–Ojalá fuera así –le lanzó una mirada sardónica y entornó la puerta.

Durante los minutos siguientes oyó, mientras se mordía los labios, todo tipo de ruidos y golpes y algunos juramentos entre dientes. La sacaba de quicio estar en deuda con él, aunque fuera por tan poco. Aquella sería la última vez. Ya se encargaría de que así fuera. A partir de aquel momento, construiría una muralla a su alrededor y pondría en práctica todas las tácticas elusivas que se le ocurrieran. Porque se trataba de sobrevivir.

Cuando Daniel volvió, sacudiéndose las manos, ella estaba erguida en el sofá, con expresión hostil

–Gracias –le dijo en tono helado.

–Probablemente no será gratitud lo que sientas cuando veas el estado del cuarto de baño –se puso la chaqueta y agarró su maletín. Sacó una tarjeta de la cartera y se la lanzó–. Es el número de Jamie. Estoy seguro de que querrás hablar con él. Tenéis que explicaros algunas cosas –al llegar a la puerta la miró por última vez–. Y hablando de explicaciones, uno de estos días, cuando la conversación comience a aburrirnos, tal vez seas tan amable de decirme por qué nos hiciste representar aquella farsa hace dos años: ir a la iglesia, hacer votos que no pensabas cumplir ni siquiera las primeras veinticuatro horas... Cuando lo más sencillo hubiera sido cancelar la boda, lo cual nos hubiera ahorrado a ambos mucho dolor –hizo una pausa para que ella asimilara sus palabras–. Hasta luego –añadió con voz fría. Y se marchó.

–Mira –dijo Jamie en un tono defensivo que Laine reconoció incluso desde el otro lado del Atlántico–. No tenía otra opción. Además, ¿de qué te quejas? De acuerdo, tu matrimonio fue un completo fracaso, pero ya hace mucho de eso y no creo que, después de tanto tiempo, él te guarde rencor.

«¿Eso crees? ¿De verdad que eso es lo que crees?», pensó Laine.

–De todas formas –añadió Jamie al ver que ella no contestaba– hubo un tiempo en que era prácticamente uno más de la familia, sobre todo después de... después de...

–Cállate –dijo Laine con voz repentinamente ronca. Inspiró profundamente y trató de recobrar la compostura–. Tienes que entender que las cosas han cambiado. Y no creo que pueda soportar esto.

–¡Por Dios! –exclamó él, malhumorado–. ¿No pusimos en práctica nosotros dos una política estricta de no interferir en la vida del otro? Será igual con Daniel.

«No», se dijo Laine, «no lo será porque ya he pasado por ello. ¿Y cómo voy a revivir la misma pesadilla y mantenerme cuerda?».

–Además –añadió Jamie– viaja mucho. Tiene que visitar todos los rincones de su imperio. Y cuando esté en casa, no se dedicará a hacerte compañía. Es gato escaldado –se echó a reír–. Y he visto a algunas de las mujeres con las que sale, y tú no estás a su altura, hermanita.

Laine pensó que no era necesario que le dijera eso. Ya lo sabía.

–Gracias por avisarme –dijo con voz firme–. Ahora dime qué hace en nuestro piso.

–Hace tiempo que compró una casa. La está reformando por completo. Hasta que acaben las obras necesita un sitio para dormir que no implique un alquiler elevado con cláusulas de penalización. Es así de sencillo.

–Perdona –dijo Laine–, pero nuestras ideas sobre la sencillez no coinciden. Todavía no me has dicho que trabajas para él.

–Necesitaba trabajo. Me hizo una oferta que no pude rechazar.

–Ya tenías trabajo. En una buena empresa. ¿Qué pasó?

–Me despidieron –reconoció tras un silencio.

–¿Qué?

–Me despidieron –repitió–. Me echaron, me rescindieron el contrato.

–¿Qué hiciste? –Laine se sentía como si le hubieran dado un puñetazo en el estómago.

–¿Por dónde empiezo? –hizo una pausa teatral–. Falta de atención a los detalles, falta de puntualidad, ausencias injustificadas, sobre todo eso. Llevaron a cabo meticulosamente todo el procedimiento, con advertencias por escrito y todo lo demás. Y me declararon culpable de todos los cargos.

–Es increíble.

–No. ¿Quién está dispuesto a confiar su contabilidad a un tipo que tiene resaca antes del mediodía? Revisaron toda mi cartera de clientes. Creo que esperaban poder denunciarme a la policía.

–¿Hubieran podido?

–No. Puede que sea un perfecto idiota, pero no deseo morir.

–¿Ah, no? –preguntó ella con amargura–. Quién lo diría. Y esa repentina partida a Estados Unidos tiene toda la pinta de una huida sin avisar. Dime que me equivoco.

–Eres como un perro de caza. No sueltas la presa.

–¿Encima me echas la culpa? Dime la verdad. ¿Qué le debes a Daniel Flynn?

–Le debo... haberme librado de una larga condena.

Era lo último que ella quería oír.

–Lo digo en serio –dijo apesadumbrado–. Hace seis meses le ahorré a un cliente un montón de impuestos. Agradecido, me llevó a cenar. Luego fuimos a jugar a un club del que era miembro. Jugamos a la ruleta y gané mucho dinero. Clive, mi cliente, me dijo que era un jugador nato y me avaló para ser miembro del club. Comencé a ir con frecuencia, al principio una vez a la semana y luego cada vez más. Gané algo de dinero, pero las pérdidas pronto comenzaron a acumularse. Fue entonces cuando me topé con Daniel una noche, en la mesa del bacará. Me di cuenta de que se sorprendió de verme allí, porque en el club solo admitían a jugadores con mucho dinero. Me invitó a tomar una copa y hablamos de los viejos tiempos. Pronto advertí que trataba de aconsejarme que no siguiera allí. El club tenía cierta reputación. Pero no le hice caso. No quiero justificarme –continuó con impaciencia–. Era demasiado tarde. Ya estaba totalmente endeudado y no podía pagar, y el club quería su dinero. Había conocido a Sandra, una crupier, que me previno que me buscaban. Me escondí. No volví a casa ni al trabajo. Nunca había estado tan asustado. Al final, Daniel me encontró. Yo estaba en casa de un primo de Sandra, y la convenció para que le diera la dirección. Dijo que era un familiar y que quería ayudarme.

–¿Que era un familiar? –se mofó Laine, enfadada–. ¡Qué cara tiene!

–Fue mi cuñado temporalmente. ¿Y qué hubieras preferido? –también estaba enfadado–. ¿Que me encontraran en un callejón destrozado por una paliza?, ¿que estuviera en el hospital con las piernas rotas? Daniel se portó conmigo como un canalla, pero me salvó la vida. No por mí, ya que me dejó muy claro que cree que soy un desecho –la voz le tembló ligeramente–. No, me ayudó porque sabía que Simon hubiera hecho lo mismo.

–Claro que sí –dijo ella como atontada.

–Así que –prosiguió Jamie– pagó al club y sacó de allí a Sandra, por si sus jefes se enteraban de que me había ayudado. Por eso me ofreció trabajo en Nueva York. Dijo que el clima nos parecería más sano allí durante unos meses. Como te he dicho, no tengo ganas de morir, así que accedí. Dejar que utilizara el piso me pareció que era lo menos que podía hacer. Y francamente, no creí que te fueras a enterar.

–Pues ya ves que sí, y ahora soy víctima de tus fechorías –dijo Laine en tono seco.

–No creo que eso le importe. No parece tener tiempo para ninguno de nosotros dos –hizo una pausa–. En cualquier caso, ¿qué haces de vuelta en el Reino Unido? ¿Te van tan bien los negocios, que ya puedes tomar vacaciones?

–Se acabaron los negocios –no tenía sentido fingir.

–¿Lo dices en serio? –preguntó en tono de incredulidad–. Todo el mundo quiere ir a pescar a los cayos de Florida. Ese negocio es una máquina de ganar dinero.

–Tal vez. Pero Andy decidió venderlo.

–Con muchos beneficios, espero.

–Eso creo. Pero, por desgracia, no habló conmigo antes, durante ni después de la transacción. Cuando volví de buscar un nuevo local para la oficina, me encontré con que Andy había vendido el negocio y se había marchado –inspiró profundamente–. Decidí no buscarlo.

–¿Quieres decir que se llevó todo? ¡Pero si invertiste en el barco hasta el último céntimo!

–Sí, pero no he obtenido ningún beneficio, tonta de mí.

–Lo siento, Laine –dijo tras unos instantes de silencio.

–No lo sientas. Creo que en muchos aspectos me ha salido muy barato.

–Puede ser –dijo él–, pero creía de verdad que eras feliz, que tenías una nueva vida.

–Supongo que yo también lo creí. –«¿Pero es verdad que lo creía o me limitaba a ganar tiempo a la espera de que me cicatrizaran las heridas?»–. Sin embargo –continuó–, me he quedado sin dinero. Y querría que estuvieras aquí para ayudarme.

–Lo haría en circunstancias normales. Pero mi sueldo no es muy elevado y tengo que empezar a devolverle el dinero a Daniel –hizo una pausa–. Y luego está Sandra. Trabaja en una cafetería por un sueldo miserable y depende de las propinas para aumentarlo. Lo estamos pasando mal –hizo otra pausa–. ¿Y la galería? ¿No podrías recuperar tu antiguo empleo?

–Es poco probable. Hace tiempo que habrán encontrado un sustituto.

–Me imagino que sí –hizo una pausa más larga–. Siempre puedes recurrir a mamá.

–No. Esa es una de las cosas que ni siquiera me planteo.

–¿La de pedir ayuda a Daniel es otra?

–Tú lo has dicho. Además, está claro que ha empleado en ti toda la buena voluntad que le pudiera quedar con respecto a la familia Sinclair.

–Podrías tratar de ser amable con él.

–¿Qué demonios insinúas? –preguntó con voz repentinamente ronca.

–No lo que estás pensando –se había vuelto a poner a la defensiva–. Pero cuando eras pequeña, lo seguías como un perrito. Y hubo un tiempo en que le gustaste, ya que, si no, no te hubiera pedido que te casaras con él. Y aunque resultara un desastre, quizá puedas sorprenderle en un momento en que se ponga sentimental.

–Lo dudo –se mordió los labios–. No, a partir de ahora me las arreglaré sola. Ya verás.

–¿Esta Daniel ahí?

–Ha ido a su despacho –respondió ella fríamente.

–Bueno, no lo estropees. No tengo ni idea de lo que pasó entre vosotros hace dos años ni quiero saberlo. Solo quiero decirte que te lo tomes con tranquilidad y no hagas lo imposible por molestarlo, Laine, cualesquiera que sean tus sentimientos. No puedo permitírmelo y creo que tú tampoco –hizo una pausa–. Ya hablaremos.

Laine colgó y se quedó sentada durante un rato mirando al vacío. Pensó que el plan de cambiar las cerraduras mientras Daniel estaba fuera había dejado de ser una posibilidad. No estaba escandalizada ni particularmente sorprendida por la dolorosa historia de Jamie. Desde la adolescencia, había ido de desastre en desastre. Por flirtear con la drogas y el alcohol lo habían expulsado de dos colegios, y en el tercero se había distinguido por una breve y fallida carrera de corredor de apuestas. Solo el hecho de que los exámenes finales estuvieran muy próximos lo había librado de otra ignominiosa expulsión. El tiempo que pasó en la universidad, en cambio, fue relativamente tranquilo. Laine esperaba que hubiera dejado todos sus problemas atrás. Pero cuánto podía uno llegar a equivocarse. Suponía que su hermano no tenía toda la culpa. Cuando la vida familiar comenzó a desintegrarse, Jamie fue el que se llevó la peor parte. Su madre pasó a depender de él, ya que nadie esperaba gran cosa de la hermana más pequeña.

Se levantó. El hielo había hecho que disminuyera parte de la hinchazón del tobillo. Más tarde se pondría más, porque en aquel momento tenía cosas que hacer, la primera de las cuales era hacer habitable la habitación de Jamie. Las comodidades llegarían después de vaciar la habitación al día siguiente. Como Daniel había amontonado las cosas en un rincón, podía desplazarse por el dormitorio con precaución. Comenzó por quitar su ropa de la cama y colocarla en los armarios empotrados y en los cajones de la cómoda. Fue a buscar sábanas limpias e hizo la cama antes pasarse media hora limpiando el cuarto de baño, frotando con energía la bañera y el lavabo. Una vez conseguido un nivel de higiene básico, se desnudó y se puso su bata preferida, ya muy gastada, pero tan agradable como el abrazo de un amigo. Deshizo la bolsa de viaje y metió la poca ropa que contenía en la lavadora. Debido a lo precipitado de su marcha, había tenido que dejar gran parte de sus cosas.

«Parece que me he pasado huyendo la mitad de mi vida», pensó con desdén. «Pero ahora que ha sucedido lo que más temía, no tiene sentido seguir haciéndolo». Por último se preparó un baño con su aceite preferido, aunque antes se lavó el pelo bajo la ducha. Se metió en la bañera con un suspiro agradecido y cerró los ojos mientras la fragante calidez del agua le acariciaba la piel. Aquello era el paraíso. En el barco, el agua de la ducha salía de modo intermitente, en el mejor de los casos. De eso había hablado la última vez con Andy. Ella le había dicho que había que arreglar la ducha antes de la nueva temporada turística, a lo que él había respondido con un gruñido, lo cual no era nada nuevo. Tal vez si hubiera contado el número de gruñidos por conversación y llegado a una conclusión, habría estado más preparada para enfrentarse al hecho de que hubiera vendido el barco y se hubiera largado con todo el dinero.

Sabía, desde luego, que Andy llevaba muy mal que ella se negara a tener contacto físico con él, de lo cual no podía culparlo. Pero nunca le había prometido nada.

Lo que ella había querido no era a él, sino tener la
oportunidad de una nueva vida al otro lado del mundo
y sentirse a salvo. Y había accedido a asociarse con él,
no a convertirse en su amante, cosa que Andy no debería haber dado por supuesta. Era el típico rubio encantador, al menos en apariencia, por lo que probablemente no lo habrían rechazado muchas veces en la vida.
Era indudable que había creído que la proximidad serviría para convencerla a su debido tiempo.

«Bueno», pensó mientras sentía un escalofrío, «al
menos me he ahorrado eso, y lo único que ha conseguido de mí ha sido dinero».

Andy había infravalorado por completo su indefe-
rencia sexual hacia él, del mismo modo que ella no había sabido interpretar las señales que le indicaban que,
bajo la apariencia de un amante del mar, era un vulgar
timador, un pescador estupendo en todos los sentidos,
que lanzaba el cebo y recogía la presa. Pero el negocio
había ido bien. Los clientes no se habían quejado, sino
que los habían felicitado profusamente, sobre todo por
la comida que ella preparaba en una cocina que cum-
plía los requisitos mínimos. Y se podía ganar dinero.
Pero se daba cuenta de que todo aquello había sido demasiado esfuerzo para Andy, que quería resultados fáciles, sin tener que preocuparse de la contabilidad ni
del mantenimiento del barco. Mirando hacia atrás, se
percataba de que tenía que haber sido más precavida
por si las cosas no eran lo que parecían. Pero no había
querido reflexionar sobre lo que iba a hacer.

La proposición de Andy de invertir en el negocio
había surgido en el momento justo. Y cuando a uno le
lanzaban un salvavidas, no siempre comprobaba si era
resistente, pues estaba agradecido de que lo salvaran.
¡Menuda salvación! El día que volvió al barco, cansada
y decepcionada por no haber encontrado una nueva
sede para el negocio que tanto necesitaban, ya sabía

que convencer a Andy de que se sentara a hablar de las dificultades que tenían iba a constituir un enorme problema. Había previsto que no sería fácil, pero esperaba que estuviera allí, no que la estuviera esperando el desagradable Dirk Clemmens con una botella de whisky y un taco de papeles. De todos sus clientes, aquel sudafricano era el que menos gracia le hacía. Detestaba su forma de hallar cualquier excusa para tocarla, acercándose demasiado para rozarse con ella, tocándole las manos cuando le servía la comida o una bebida. Tampoco le gustaban sus amigos, gordos y escandalosos. Ni las chicas que los acompañaban, que se tumbaban al sol en tanga o completamente desnudas. Sin embargo, Andy había torcido el gesto cuando se quejó de Clemmens y sus toqueteos.

–¿Qué más te da? –le preguntó con resentimiento–. Los dos sabemos que contigo lleva todas las de perder.

Y de repente, e inexplicablemente, el sudafricano estaba de nuevo en el barco, y parecía que estaban solos, lo que la dejó desconcertada y llena de aprensión. Pero ocultó sus sentimientos y se mantuvo fría.

–¿Dónde está Andy?

–Se ha marchado –su tono era despreocupado–. Hemos hecho un trato, cielo, y ahora soy el nuevo dueño –tenía unos labios rosados que siempre parecían estar húmedos y que en aquel momento le dedicaron una sonrisa–. Bienvenida.

–Tiene que haber un error –dijo con voz tranquila–. Andy y yo éramos socios.

–Sí, me lo ha dicho. Compañeros de cama –se rio con lascivia–. Me parece perfecto, así que podemos mantener el acuerdo, ¿no crees? –empujó un vaso hacia ella–. Siéntate, cariño. Tómate algo mientras hablamos de tus deberes.

–Pero me tiene que haber dejado un mensaje –dijo Laine con desesperación.

–En efecto. ¿Qué fue lo que dijo? –fingió que hacía memoria–. Ya me acuerdo. Me dijo que te dijera: «Hasta pronto, cariño. Ha sido muy agradable».

Sus palabras consiguieron que Laine montara en cólera, pero pensó que lo más sensato era sentarse mientras trataba de asimilar todo el horror de la deserción de Andy y el consiguiente cambio de sus circunstancias. Se echó un poco de whisky en el vaso y le dio un sorbito mientras intentaba recuperarse. Andy, en quien había confiado, le había hecho eso: engañarla, robarle y abandonarla con aquel tipo al que sabía que detestaba. ¿Era esa su venganza por haberlo rechazado, dejarla a la merced de un hombre que no aceptaría una negativa por respuesta? ¿Todos los hombres que se cruzaran en su camino iban a traicionarla? Se le hizo un nudo en el estómago al pensar qué podía hacer. Su instinto le decía que saliera corriendo, pero, a pesar de que Clemmens era un hombre corpulento, también era ágil, y no estaba segura de correr más que él. Y la aterrorizaba la idea de que la atrapara. Tenía que ser más astuta. Además, no podía marcharse con las manos vacías. Su cartera, con el dinero que tenía, estaba en el bolso, pero el pasaporte y el resto de sus cosas se hallaban en su camarote.

Era evidente que Clemmens había estado celebrando la compra del barco, lo que podía ser una ventaja para ella. Ya lo había visto beber, y a pesar de las apariencias y de sus alardes, no resistía bien el alcohol. Esperó a que comenzara a revolver los papeles mientras mascullaba con satisfacción, y se echó el licor en la falda. Sintió la humedad y el olor a alcohol, pero esperaba que Clemmens hubiera bebido lo suficiente como para no notarlo. Vertió un poco más de whisky en su vaso y llenó el de él, que lo agarró y bebió. Se limpió la boca con la mano y eruptó.

–Me ha dicho Andy que en la cama no eres tan remilgada y decente como pareces –volvió a reírse–. Es-

pero que sea verdad, porque pago en función de los resultados.

Laine le sonrió y alzó el vaso a modo de brindis.

–Entonces espero que esté dispuesto a ser generoso,
señor Clemmens.

«Andy», pensó, «eres un canalla. Si te has llevado
el dinero, podrías al menos haberme ahorrado la presencia de este animal».

Volvió a beber un traguito y a echarse el resto en la
falda mientras él se volvía a servir y, al hacerlo, salpi-
caba los papeles.

–Trae una bayeta –dijo después de lanzar una mal-
dición.

Ella obedeció de mala gana. Esperaba que no se
diera cuenta de lo húmeda que tenía la falda. Pero él se
limitó a agarrar la bayeta y a comenzar a secar el docu-
mento que había encima del montón.

–Qué calor hace. ¿No hay un ventilador?

–Había uno, pero tal vez se lo haya llevado Andy.

–No, lo único que se ha llevado ha sido el dinero.

–Entonces debe de estar en la zona de los invitados
–dijo Laine con absoluta indiferencia.

–Pues no te quedes ahí sentada –se recostó en el cojín y cerró los ojos–. Tráemelo.

Laine se levantó y agarró el bolso que había colga-
do en la silla. ¿Iba a ser así de fácil? Se dirigió directamente al diminuto camarote que había ocupado desde
que subió a bordo, se quitó la falda y se puso unos vaqueros blancos. Tomó el pasaporte y metió todo lo que
pudo en la más pequeña de sus dos bolsas de viaje, ya
que sabía que tenía que viajar ligera de equipaje. Después, sin hacer ruido, subió a cubierta. Acababa de poner el pie en la plancha cuando oyó la voz de Clemmens a sus espaldas.

–¿Adónde vas, cielo? Ven aquí ahora mismo. Sé
buena.

Mientras estiraba el brazo para agarrarla, Laine corrió hacia el muelle. Clemmens, jadeando tras ella, trató de agarrarla, pero no lo consiguió. Bramando de ira, perdió el equilibrio y cayó de bruces. Laine pisó mal y se torció el tobillo, pero siguió corriendo mientras se mordía los labios de dolor. Miró hacia atrás y vio que algunas personas se habían acercado a Clemmens, que trataba de sentarse. Lo oyó rugir como un toro herido.

–Deténganla. Me ha robado.

Pero a Laine no le fallaron las fuerzas ni disminuyó la velocidad. Algunos la miraron con curiosidad, pero nadie trató de detenerla. Dio un brusco giro y se refugió en un bar que conocía. Pasó entre los grupos de bebedores como si fuera al servicio. Cuando llegó a la parte de atrás, tomó la salida de emergencia que daba a un callejón tranquilo. Cojeaba mucho y el tobillo se le estaba hinchando como un globo. Paró el primer taxi que vio para ir al aeropuerto.

«Y aquí estoy», pensó sin alegría mientras salía de la bañera y se envolvía en una toalla. Había salido de Guatemala para meterse en Guatepeor.

Se secó y se peinó con los dedos. Hizo una mueca al recordar que el secador era una de las cosas que se había visto obligada a dejar en el barco. Se puso el albornoz y recordó que tenía otro secador en el tocador de su habitación. ¿Seguiría allí? ¿Se atrevería a comprobarlo? Se dijo que no había peligro. Daniel estaba en el despacho y ella tenía derecho a recuperar sus objetos personales.

Fue cojeando hasta su habitación y entró con cautela. Se detuvo y lanzó un grito ahogado al mirar alrededor: estaba irreconocible. El bonito papel pintado había desaparecido bajo una capa de pintura, la colcha de seda amarilla había sido sustituida por otra de color marrón, las cortinas también eran marrones y hasta la alfombra era distinta. Se había borrado todo resto de ella, todo toque personal.

«Dicen que no hay que volver», pensó, «porque te encontrarás con que el espacio que ocupabas ha desaparecido. Y de repente me parece que he dejado de existir. Es como si me hubieran arrebatado todo lo que más quería. En primer lugar, a mi padre, cuando era una niña; luego a Simon y, al final, Abbotsbrook, mi casa. Me proporcionaba una especie de seguridad. Creí que un día regresaría y volvería a descubrir todo lo que adoraba de niña». Se mordió los labios. «Venga», se dijo con impaciencia, «tienes que secarte el pelo. No estás para sentimentalismos».

Tomó aire, alzó la cabeza y se miró en el espejo del tocador. Si Daniel no había cambiado, ella tampoco lo había hecho. Seguía teniendo el pelo castaño, aunque el sol se lo había aclarado, y seguía estando muy delgada. Los ojos eran más grises que verdes, y tenía los pómulos de su madre, lo que la libraba de que su rostro fuera anodino. Pero, de todas maneras, no tenía mucho que ofrecer con respecto a las preferencias de Daniel sobre las mujeres: rubias de piernas largas y mirada cómplice que la habían atormentado en la adolescencia, como Candida. Algo en su interior se removió y le produjo una renovada agonía.

–No sigas por ahí –dijo en voz alta. Pero era demasiado tarde. De repente se sintió abrumada por los acontecimientos. El dolor del tobillo se vio superado por aquel otro dolor más intenso. Estaba sola, sin blanca y asustada. Y después de dos días traumáticos, la esperaba otra pesadilla en el lugar que debería haber sido su refugio. Se cubrió la cara con las manos, se sentó en el borde de aquella cama extraña y lloró hasta quedarse sin lágrimas.

Capítulo 3

DESPUÉS de calmarse, permaneció largo rato tumbada boca abajo en la cama, aferrada compulsivamente a la colcha. Sabía que no podía seguir allí, que, de hecho, hubiera sido mejor no haber entrado en la habitación, porque percibía la presencia de Daniel por todas partes, atormentando sus sentidos y su memoria. El aire olía débilmente a su colonia, a la fragancia que ella siempre había asociado a él, que había aspirado tantas veces con el deseo vulnerable del primer amor.

–Es hora de marcharse de aquí –dijo en voz alta. Se puso lentamente de pie y con gran cuidado dejó la colcha como la había encontrado, asegurándose de que no quedara ni rastro de su presencia. También consiguió encontrar el secador, no donde lo había dejado, sino en un estante de uno de los armarios perfectamente organizados. Probablemente, Daniel no se daría cuenta de su desaparición. En el instante en que iba a entrar en su habitación, oyó la llave en la cerradura de la puerta principal.

«Dios mío», pensó, «ha vuelto. He salido justo a tiempo». Tiró el secador sobre la cama y cerró la puerta cuando Daniel entró. Parecía preocupado y de mal humor.

–Ah, eres tú –dijo con voz forzada mientras hacía una mueca por lo absurdo del comentario.

–¿A quién esperabas? –preguntó él en tono ácido.

–A ti no, no tan pronto. Me has asustado.

–Ya lo veo –replicó con brusquedad–. Pareces un fantasma –se acercó a ella y le levantó la barbilla con un dedo para examinarle la cara.

–No hagas eso –Laine le apartó la mano.

–Has llorado. ¿Por qué?

–¿Acaso es asunto tuyo?

–Probablemente no. Pero no tengo ganas de compartir el espacio vital con el equivalente humano de un grifo que gotea –apretó la boca–. Por favor, Laine, trata de madurar –entró en su habitación y salió inmediatamente con un ordenador portátil en una bolsa que llevaba al hombro.

Ella se preparó para sus recriminaciones, pero él no hizo comentario alguno. Parecía que no había dejado huellas de su presencia en el dormitorio.

–Nos veremos después –dijo al pasar a su lado.

–No tengo más remedio –respondió ella con amargura al cerrarse la puerta.

La había visto con aquella pinta horrible, con el pelo mojado y el albornoz viejo. Aunque, dada las circunstancias, era más seguro. Lo último que deseaba es que él se sintiera atraído, aunque fuera momentáneamente, por ella. Pero era poco probable. Entró en su habitación a secarse el pelo. No iba a poder ir a la peluquería hasta saber con exactitud en qué terrible situación económica se encontraba. Se puso una falda vaquera y una blusa. El tobillo le seguía doliendo si apoyaba el pie, así que fue a por más hielo y se tumbó en el sofá con el pie sobre un cojín. Pero no podía relajarse. La cabeza le daba vueltas con imágenes del pasado, tan vívidas como no deseadas, porque le recordaban que toda su vida había estado enamorada de él. Recordó el día, cuando tenía seis años, que salió de su escondite preferido en el jardín y vio a un desconocido al lado de Simon.

–Ya te dije que estaría aquí –dijo su hermano con voz cariñosa–. Jamie construyó este escondite para poder observar los pájaros, pero, como de costumbre, se aburrió, y ahora es de Laine. Levántate, renacuajo, y saluda a mi amigo Daniel.

–Es mi escondite secreto –dijo ella con dignidad mientras se ponía en pie–. No tenías que habérselo dicho.

–Seré una tumba –le dijo Daniel mientras le quitaba una hoja seca del pelo–. Te lo prometo. ¿También te gustar observar los pájaros?

–No, vengo aquí a leer.

–¿Qué libro estás leyendo?

–*La isla del tesoro*.

–Por Dios –exclamó Daniel mientras lanzaba una mirada divertida a Simon–. ¿Cuál es tu personaje preferido?

–Ninguno me es simpático –respondió tras una breve reflexión–. Todos son avariciosos, y Jim espía a los demás. Ben Jun no está mal, porque lo único que quiere son tostadas con queso.

–Ya lo has oído, Daniel –dijo Simon sonriendo–. Venga, dejémosla con los piratas y vamos a jugar al tenis antes de merendar –revolvió el pelo de Laine–. Hasta luego. Y aséate un poco antes de que mamá te vea. Hoy está un poco alterada.

–Es porque el señor Latimer estuvo aquí ayer. Siempre se pone de mal humor después de su visita, porque lo odia. Cuando se va, lo insulta.

–Pero tú no tienes que hacer lo mismo, Laine. ¿Entendido? –observó Simon.

–¿También estás enfadado? –preguntó ella con voz vacilante.

–No –respondió Simon con sonrisa forzada–. Lo único es que la visita del fideicomisario no es la forma ideal de comenzar las vacaciones.

Laine pensó con alegría, mientras volvía a su lectura, que era estupendo que Simon estuviera en casa, porque su madre dejaría de preocuparse y volvería a sonreír. La señora Evershott, el ama de llaves, siempre tocaba el gong cinco minutos antes de las comidas, así que tendría tiempo de lavarse las manos y peinarse antes de la merienda. Pero, ese día, su madre había decidido servirla en el prado debido al buen tiempo, por lo que no había manera de llegar a la casa pasando desapercibida.

–Eliane –la llamó Angela, que se protegía del sol con una sombrilla–. ¿Qué has estado haciendo? ¿Revolcándote en el barro? ¿Y dónde está la cinta del pelo? –se volvió a los otros comensales mientras alzaba de hombros con resignación–. ¡Qué pilluela! Tiene un armario lleno de vestidos bonitos, pero insiste en ponerse esos viejos pantalones cortos –suspiró–. Creo que su pobre padre no reconocería a su azucena.

–¿Azucena? –preguntó Daniel educadamente mientras Laine miraba al suelo porque sabía lo que vendría después, y lo temía.

–A mi suegra le gustaba mucho el poeta Tennyson –Angela volvió a suspirar–. Y cuando vio a Eliane recién nacida estaba envuelta en un chal blanco, como si fuese una azucena. Así que convenció a su hijo para que la llamara Elaine, como la chica del poema *La azucena de Astolat*.

–Es una historia encantadora –dijo Daniel

–No –le espetó Laine con fiereza–. Elaine es un nombre estúpido, y Jamie dice que fue una tonta por morirse solo porque sir Lancelot no estuviera enamorado de ella, y dice que, de mayor, yo también seré tonta por llamarme como ella.

Se produjo un extraño silencio hasta que Simon comenzó a reírse. Daniel lo siguió y, al final, Angela acabó acompañándolos.

–Nos estamos riendo contigo, renacuajo, no de ti –consiguió articular Simon mientras se secaba los ojos–. Ven a merendar, anda. Voy a tener unas palabras con Jamie en cuanto aparezca.

Laine pensó que todos se habían reído mucho aquel verano. Para ella fue uno de los más felices, y el comienzo de muchos más. Y tenía que agradecérselo a Simon y a Daniel. Hasta entonces la habían dejado a su aire durante las vacaciones escolares. A diferencia de Jamie, Laine había hecho pocas amistades. Los otros niños del colegio del pueblo, al darse cuenta de que no estaba interesada en los últimos modelos de ropa infantil y que prefería leer a ver la televisión, la habían hecho el vacío. E, incluso con sus amados libros, a veces se sentía sola. Pero aquellas vacaciones habían sido distintas. Había hecho buen tiempo, así que pudieron estar al aire libre muchas horas. Y Simon y Daniel la habían incluido en todas sus actividades. Lo habían hecho despreocupadamente, sin darle importancia: simplemente esperaban que los acompañaría.

Hasta entonces, el río que bordeaba el terreno de Abbotsbrook siempre le había producido inquietud. Había aprendido a nadar en el colegio, pero Angela dijo claramente que el río era muy distinto de la piscina que había en la ciudad más cercana, y que no debía acercarse a él bajo ningún concepto. Simon y Daniel lo habían cambiado todo. Bajo su supervisión, su técnica natatoria y su seguridad se habían incrementado hasta el punto de que Simon le había dicho a su madre que nadaba como un pez.

–O como una anguila –interrumpió Jamie. Y siguió tomándole el pelo y desternillándose de su propio ingenio hasta que Daniel se lo llevó aparte para que parara.

Pero ni siquiera las burlas de Jamie la habían irritado. Era demasiado feliz. Los mejores días fueron los que pasaron en el bote neumático. Cuando los chicos iban a pescar, le daban una caña pequeña para que ella también lo hiciera. Si jugaban al críquet, jugaba con ellos, y recogía las pelotas que se salían de la pista cuando jugaban al tenis. Y sobre todo, hablaban con ella como si estuvieran interesados de verdad en lo que decía. Pero las vacaciones terminaron demasiado pronto. Simon se había inscrito en el club de alpinismo de su escuela y se había convertido en un gran aficionado, así que iba a dedicar las dos últimas semanas de las vacaciones a escalar, en tanto que Daniel tenía que volver con su padre para pasar unos días en el sur de Francia.

Al despedirse, Laine se lanzó sobre Daniel y lo rodeó con brazos y piernas como hacían los monos.

–¡Ojalá fueras también mi hermano! –le susurró mientras lo abrazaba con fuerza.

–¡Elaine! –la recriminó Angela–. Haz el favor de dejar de dar el espectáculo. Daniel, baja a esa niña. Perdona su ridículo comportamiento.

–No pasa nada, señora Sinclair –la dejó suavemente en el suelo y le alborotó el pelo–. Créame que me siento muy halagado.

–Eres muy tolerante –le dedicó una sonrisa–. Quizá cuando vengas a visitarnos en Navidad, nos comportemos todos como adultos.

–Desde luego –respondió Daniel tras un breve y extraño silencio.

«Volverá en Navidad», pensó Elaine extasiada. «Simon y él». Y eso sería su mejor regalo.

«La adoración del héroe», pensó fatigada mientras se levantaba del sofá para llevar la bolsa de hielo deshecho a la cocina. Eso era lo que había sido. Un enamoramiento de proporciones gigantescas. Una fase infantil que debería haber superado con facilidad. Sin embargo, durante los cinco años siguientes, su vida se había centrado en las vacaciones escolares y universitarias, que esperaba con un entusiasmo casi doloroso, ya que sabía que Daniel estaría con ellos durante una o dos semanas como mínimo. Pero las vacaciones no habían sido únicamente placenteras. A medida que se hacía mayor, Laine se había percatado de las corrientes subterráneas que agitaban la superficie aparentemente tranquila de Abbotsbrook. Y que las visitas, demasiado frecuentes, del señor Latimer creaban invariablemente un conflicto.

Una tarde de primavera, Laine se hallaba en su habitación sentada cerca de la ventana cuando le llegó la voz quejumbrosa de su madre desde la terraza inferior.

—Creí que todo cambiaría cuando cumplieras dieciocho años —decía Angela—. Que convencerías a ese hombre para que no se acercara por aquí.

—Mamá —respondió Simon con voz fatigada—, el fideicomiso se mantendrá vigente hasta que Jamie y Laine los cumplan. Tienes que aceptarlo. Y verías menos a Latimer si disminuyeras tus gastos, tal vez si dieras menos fiestas los fines de semana.

—Fue tu padre quien comenzó a darlas. Y es la única manera de estar en contacto con nuestros amigos, ya que estoy recluida aquí todo el año. ¡Cómo desearía vender todo esto y volver a Londres!

—Ya conoces los términos del testamento de papá. Me temo que tendrás que esperar hasta que Laine cumpla la mayoría de edad, si por entonces todavía quieres mudarte.

—Claro que querré —dijo ella—. Es decir, si la casa sigue en pie. Este maldito sitio se está cayendo a pedazos, y Latimer no me da el dinero para hacer las reformas necesarias. Luego tengo que soportar a los que lo consideran un santuario, que vienen en manada a ver la habitación, la mesa de trabajo, donde tu padre creaba «esas maravillosas novelas fantásticas, señora Sinclair» —añadió imitando burdamente el acento americano—. Y estoy harta de que me digan que fue una tragedia que nos abandonara tan pronto. ¿Se creen que no lo sé? Soy su viuda, por Dios. Y no nos abandonó. Tuvo un infarto, no lo secuestraron los extraterrestres.

–No critiques a sus admiradores –dijo Simon en tono cortante–. Al fin y al cabo, son los derechos de autor de papá los que pagan las facturas y, francamente, no son tan buenos como hace unos años. De hecho, me pregunto...

Se alejaron, y Laine los dejó de oír. De repente sintió mucho frío. No podía ser que le fuera a pasar algo a Abbotsbrook. Era una casa grande y vieja, pero era su hogar.

El tema del dinero se volvió a plantear la noche siguiente, después de la cena. Esa vez fue Simon, mientras se sentaba a jugar una partida de ajedrez con Daniel.

–Me imagino –dijo en tono despreocupado– que Laine terminará en la escuela del pueblo al final del verano. ¿Has decidido adónde va a ir? ¿Has pedido folletos de información?

–No –respondió Angela sirviéndose más café–. Sus últimas calificaciones no han sido precisamente brillantes, así que he pensado que podía ir al instituto Hollingbury con el resto de su clase. Como tengo que pagar el colegio de Jamie, me parece una forma ideal de ahorrar.

–No lo dirás en serio, ¿verdad? –Simon se levantó bruscamente–. Ese instituto es un sitio de mala muerte. Todo saben que estuvo a punto de no pasar la inspección escolar y que hay problemas de drogas. Laine no tendría ni la más remota posibilidad de sobrevivir.

–Creo que el personal está trabajando con ahínco para mejorar las cosas. Además, Laine no es precisamente una estudiante prometedora. Si se esforzara más, sería distinto.

Laine se sonrojó; la boca comenzó a temblarle cuando todos la miraron.

–Sé que no tengo derecho a interferir en un asunto familiar, señora Sinclair –dijo Daniel en voz baja–, pero Laine siempre me ha parecido una niña brillante. Es posible que, simplemente, se aburra en la escuela, que necesite otros estímulos –sonrió a modo de disculpa–. Las hijas de mi padrino fueron a Randalls, que posee una excelente reputación. Y ofrece becas a las alumnas con talento. Creo que Laine sería una de ellas, así que el dinero dejaría de ser un problema –hizo una pausa–. Para entrar hay que pasar un examen escrito y una entrevista. Podría enterarme de los detalles, si no lo considera una impertinencia.

–En absoluto –Angela le sonrió–. Lo que pasa es que no estoy segura de que Laine esté a la altura.

–Como a Daniel, me parece que habría que concederle el beneficio de la duda –dijo Simon con firmeza.

Cuando Laine volvió a ver a Daniel, al comienzo de las vacaciones de verano, cruzó el vestíbulo hacia él bailando de emoción.

–Lo he conseguido. Voy a ir a Randalls en septiembre.

–¿Así que superaste el examen?

–No era un examen de verdad, de sumas y restas. Solo tuve que escribir sobre uno de mis personajes literarios preferidos.

–A ver si lo adivino –dijo Daniel con una amplia sonrisa–. ¿Escribiste sobre Ben Gunn?

–¿Cómo lo sabes? –preguntó asombrada.

–Tengo buena memoria. ¿Está contenta tu madre?

–Sí –respondió con cierta vacilación, ya que creía que Angela estaba más sorprendida que contenta, y había dado un respingo cuando llegó la lista de lo necesario para el uniforme escolar–. Claro que sí. Y tú, ¿ estás contento?

–Loco de contento –la tomó en brazos y se puso a dar vueltas con ella–. Es un buen colegio y te lo vas a pasar muy bien.

Desde el umbral de la puerta de entrada llegó una fría voz femenina.

–¿Es una fiesta privada o puedo participar?

Laine vio a la recién llegada por encima del hombro de Daniel. Era una rubia alta, de piernas largas, vestida con unos pantalones minúsculos y un top que apenas le cubría los senos. Pensó, con disgusto, que se parecía a una de las muñecas Barbie que sus compañeras de clase llevaban a la escuela. Daniel la dejó en el suelo sin apresurarse y se volvió hacia la chica, que se acercaba echándose el pelo hacia atrás y sonriendo condescendientemente al examinar la figura infantil que tenía delante.

–Eres una caja de sorpresas, cariño –tomó a Daniel del brazo y se apretó contra él en señal de posesiva intimidad–. Nunca me hubiera figurado que eres del tipo paternal. ¿Quién es esta niña?

Laine iba a protestar, pero se calló y puso la cara de póquer que había aprendido a adoptar cuando se avecinaban problemas.

–Es la hermana pequeña de Simon, como probablemente ya sabías. Así que no desperdicies la munición, Candida, porque tal vez la necesites más tarde. ¿Por qué no vas a ayudar a Simon a preparar el equipaje para irse de vacaciones?

–Porque no soy la esclava de nadie –lo besó largamente en la mejilla–. Ni siquiera la tuya. Y me ha dicho que te diga que si no vas a ayudarle a colocar las cosas en el maletero, no le cabrán.

–Podrías sacar algunas de tus maletas para hacer sitio –dijo Daniel mirándola de soslayo.

–Cariño, no pretenderás que me pasee por el chalet desnuda durante las próximas tres semanas –lanzó una risita.

–Es posible que los demás invitados de mi padre tengan algo que objetar –se soltó con suavidad–. Ahora pórtate bien y espera en el cuarto de estar mientras Laine va a decirle a su madre que hemos llegado.

Una vez cumplido el encargo, Laine subió al piso superior y halló a Simon en su habitación metiendo ropa a toda prisa en una bolsa de viaje.

—Ayúdame, renacuajo. Pásame esas camisetas.

—¿No te quedas aquí a pasar las vacaciones?

Simon captó el tono de tristeza de su voz y le respondió con amabilidad.

—Esta vez no, bonita. El padre de Daniel ha comprado una casa en Toscana y vamos a pasar allí nuestras últimas semanas de libertad antes de empezar a trabajar.

—¿Esa señorita está con Daniel? —preguntó tras un breve silencio.

—¿Candy? Sí. ¿Por qué?

—Me resulta antipática —se concentró en volver a doblar unos trajes de baño.

—Eso depende del punto de vista. Estoy seguro de que Daniel no tiene queja alguna.

—¿Van a casarse? —era como si tuviera una piedra en el pecho.

—No, por Dios —Simon se echó a reír—. Daniel no es de los que se casan. No creo que consienta que una mujer le corte las alas. Y en estas vacaciones, todo es totalmente informal. Un día tendrás amigos y entenderás que todas las relaciones no tienen por qué ser serias —se le acercó y la abrazó—. Enhorabuena por entrar en Randalls. Es justo lo que necesitas. Te va a ir muy bien allí. Las cosas están mejorando para ti, renacuajo.

Mientras salía de la habitación, Laine se preguntó si era así. Entonces ¿por qué le parecía de repente que el día soleado se había oscurecido? Decidió no bajar y se fue a su habitación. Se sentó junto a la ventana y apoyó la frente en el cristal. Seguía viendo la mano de aquella chica en el brazo de Daniel, los dedos de uñas rosadas acariciando su piel morena, cómo su cuerpo se había acoplado al de Daniel, como si fueran el mismo. En el colegio había recibido educación sexual, y no estaba segura de qué era lo que más la sacaba de quicio: el breve resumen de los hechos físicos que les había hecho la profesora o las groserías burlonas que decían sus compañeros en el recreo. De pronto se dio cuenta con tristeza de que aquellos extraños momentos en el vestíbulo le habían enseñado mucho más sobre lo que sucede entre un hombre y una mujer, y que era una lección de la que habría prescindido de buena gana. Y, a pesar de que se daría cuenta mucho más tarde, esa revelación había marcado el final de su infancia.

«No es de los que se casan». Nueve años después, las proféticas palabras de Simon le resonaban a Laine en el cerebro, por lo que, para tratar de hacerlas desaparecer, sacudió la cabeza con impaciencia. Ya era hora de que dejara de atormentarse. ¿Qué sentido tenía volver al pasado, cuando eran el presente y el futuro los que le iban a plantear los problemas reales? Se puso de pie y miró alrededor de la cocina como si la viera por primera vez. Estaba increíblemente ordenada e inmaculadamente limpia. El otro cambio que notó fue que había una cafetera último modelo que Daniel, obviamente, reservaba para las grandes ocasiones, ya que ella solo había merecido una taza de café instantáneo.

«Olvídalo», se dijo con impaciencia. «Tienes hambre. Eso es lo que te pasa. Tienes el metabolismo bajo y tu estado de ánimo está, en consecuencia, por los suelos. Vas a superarlo, pero sin convertir esto en una tragedia. De ahora en adelante tienes que permanecer fría. Dejar claro que, una vez repuesta de la sorpresa inicial de verlo, puedes tratarlo de manera civilizada. Y que eres una persona adulta. Porque ya nada importa. No

voy a consentir que me importe si quiero mantenerme
cuerda. Y si montas números, le darías la impresión de
que te sigue importando». Se estremeció y cerró los pu-
ños,

–Nada dura eternamente –dijo en voz alta–, y esto
también pasará. Es temporal.

Y quizá, para variar, el consejo de Jamie fuera sensato y se requiriera un pequeño gesto de reconciliación.
Así que prepararía la cena para los dos. Al mismo tiempo quería demostrar a Daniel que no era la persona su-
perficial que imaginaba y que el tiempo que había pasado en el barco no había sido de placer sino de mucho
trabajo. Al menos, y aunque solo fuera eso, conseguiría
que él la respetara un poco.

No había mucha comida en el congelador. Desconge-
ló un paquete de pollo en el microondas y, en un armario,
encontró cebollas y ajos y latas de aceitunas, alcaparras y
tomate, así como pasta, y comenzó a preparar la comida.
De repente pensó que las cosas deberían haber sido así si
se hubieran casado de verdad, que ella prepararía la cena
exactamente igual mientras esperaba que Daniel volviera
a casa. Se burló de sí misma por su sentimentalismo. Su
primer hogar habría sido el ático del bloque de aparta-
mentos de lujo en el que vivía Daniel, que tenía restaurante y servicio de limpieza. Ella no tendría que haber
movido un dedo. Y cuando hubieran comprado una casa,
el servicio habría estado incluido, como sin duda sucede-
ría con la que él acababa de comprar. Se preguntó con
tristeza qué habría sido del ático y recordó que lo había
recorrido con la boca abierta la primera y única vez que
Daniel la había llevado.

Recordaba los sofás, las alfombras persas, el cuarto
de baño resplandeciente, con la enorme bañera y la espa-
ciosa ducha. Y sobre todo, recordaba el dormitorio. Se
había quedado en la puerta sin atreverse a entrar, mirando, sin poder pronunciar palabra, la inmensa cama con

una colcha de seda dorada, mientras su mente se aceleraba al darse cuenta, como nunca lo había hecho, de las
implicaciones reales de ser la esposa de Daniel, ya que,
hasta entonces, pensó desconcertada, el contacto físico
entre ellos durante el breve periodo de noviazgo había
sido mínimo. La había abrazado después de lo de Simon,
pero había sido para consolarla, y la había besado cuando aceptó casarse con él. Había habido otros besos desde
entonces, por supuesto, pero habían sido leves, casi ju-
guetones. Sin embargo, a ella le habían resultado tre-
mendamente perturbadores. Él no la había presionado en
ningún momento para que su relación fuera más íntima.
Y a pesar de su felicidad y de cuánto lo deseaba, sentía
vergüenza, por su falta de experiencia, de iniciar una relación más profunda.

De pronto se había dado cuenta de que estaban
completamente solos, sin miedo a que se produjeran in-
terrupciones, y era dolorosamente consciente de su presencia detrás de ella. Sentía la calidez de su cercanía,
su aliento en el cuello, y deseó con locura y desesperación que la abrazara y que la besara con pasión y deseo, como había hecho tantas veces en su imaginación.
Y que la tomara en brazos y la llevara a la cama, silen-
ciando para siempre todas sus dudas e incertidumbres
al hacerle el amor. ¿Era quizá por eso por lo que la había llevado allí? ¿Porque no quería esperar más? ¿Porque la quería toda para sí, porque quería todo lo que
pudiera darle? Tal vez solo esperaba un gesto de parte
de ella.

Mientras se giraba hacia Daniel se dio cuenta, justo
a tiempo, de que daba un paso hacia atrás para alejarse
de ella.

—Tenemos que irnos —dijo en tono despreocupado y
mirando el reloj—. Si hay algo de la decoración que
quieras cambiar, no tienes más que decírmelo.

Desgarrada por algo más profundo que la decepción, atinó a decir que el piso era precioso, perfecto, que no quería modificar nada.

Suponía que lo habría vendido después de que se separaran, pero ¿por qué no había comprado otro similar en vez de ir allí? ¿Porque no quería verse limitado por un largo alquiler? Pero Daniel era multimillonario y podía dictar sus propias normas. No tenía sentido que hubiera optado por aquel piso normal de dos habitaciones. Claro que sus motivos para actuar siempre eran un misterio. Y ella tenía que recordar que no eran asunto suyo.

Él estaba allí y era evidente que tenía la intención de continuar, así que ella debería establecer cierto grado de neutralidad operativa y dejar de especular. Además, si no hacía preguntas, no se vería obligada a contestar las que él le hiciera. Y tal vez pudiera enterrarse de una vez el desgraciado asunto del matrimonio que nunca fue. Se preguntó si sería tan sencillo. Y se dijo que las lágrimas que la cegaban se debían a que estaba cortando cebolla. No había ninguna otra razón.

Capítulo 4

NO era un vino caro. Ni a Jamie ni a ella les interesaba tener una bodega excelente, ni siquiera aunque se lo hubieran podido permitir. Pero alivió la sequedad de su garganta mientras esperaba, hecha un ovillo en el sofá, a que Daniel volviera. Había dicho dos horas, pero habían pasado casi tres. Eso sí pensaba volver. Porque se le había ocurrido que tal vez hubiera decidido que vivir bajo el mismo techo era demasiado complicado y hubiera buscado otro alojamiento lo más lejos posible de ella, lo que, a corto plazo, resolvería uno de sus problemas, pero le crearía otros. No podía, desde el punto de vista económico, ocupar ella sola el piso. Por suerte no había una hipoteca que pagar, pero había muchas otras facturas, y si no empezaba a ganar dinero inmediatamente, iba a tener problemas de verdad.

Suspiró. Al dirigirse de vuelta a su hogar, le había parecido que el piso sería un refugio. Pero también había creído que invertir en el barco de Andy sería un buen negocio. E incluso había habido una época en que la perspectiva de convertirse en la esposa de Daniel había sido la respuesta a sus oraciones, el cumplimiento de sus esperanzas y sueños más íntimos. ¿Cómo podía haberse equivocado tanto en su corta vida?

La llave en la cerradura la devolvió bruscamente a la realidad. Se recostó en los cojines y trató de parecer totalmente relajada, aunque agarraba la copa de vino como si fuera un salvavidas.

–Hola –le dijo con sonrisa forzada y tono despreocupado, como si estuviera acostumbrada a que volviera
de la oficina a cenar.

–Buenas noches –Daniel se detuvo un momento y
la examinó–. Esperaba que hubieras construido una ba-
rricada en mi ausencia.

–Los muebles son demasiado pesados para mover-
los. Además, he hablado con Jamie y sé lo que ha pasado. Me parece increíble que mi hermano haya podido
ser tan idiota –negó con la cabeza.

–¿No es algo ingenuo por tu parte, teniendo en cuenta
sus antecedentes? –dejó la chaqueta en una silla y se aflo-
jó la corbata antes de servirse un whisky. Luego se sentó
en el sofá que había frente al de ella.

Durante unos instantes, Laine sintió un nudo en la
garganta, pero se recuperó a toda prisa.

–Quizá. Pero creí que había superado esa fase rebelde, que sabía cómo comportarse.

–Pues ahora tiene la oportunidad de hacerlo. Tal vez
la chica con la que está lo ayude a enderezarse. Si no,
la próxima vez tendrá que arreglárselas solo.

–¿Crees que habrá próxima vez?

–Quién sabe –Daniel se encogió de hombros–. Tal
vez no se trate de una fase, como dices, sino de uno de
los rasgos salvajes de los Sinclair, corregido y aumen-
tado, que sea imposible de eliminar ni aunque lo ope-
ren.

–¿De qué hablas? ¿Qué rasgo?

–El desmesurado impulso de buscar el peligro –hizo
una mueca–. Simon también lo tenía, ¿te acuerdas?

–No sé de qué me hablas –respondió Elaine con voz
seca.

–¿No? Entonces, ¿qué le hacía volver a esas maldi-
tas montañas una y otra vez, forzándose constantemen-
te a llegar más arriba y a hacerlo más deprisa que nadie? –se le endureció la voz–. ¿Y qué se le metió en la

cabeza para hacer la última escalada, cuando todos trataban de disuadirlo?

—No lo sé —dijo en voz baja.

—Justamente —dijo él.

—Pero haz el favor de no incluirme en esa generalización absurda sobre mi familia —le dijo mirándolo desafiante—. Es indudable que no voy buscando problemas.

—Pero, a pesar de todo, los encuentras —dijo en un tono que no admitía réplica—. ¿Cómo tienes el tobillo?

—Mejor. Me lo he vuelto a vendar y estoy lista para ir a la oficina de empleo mañana.

—Me alegro. Y parece que te has entretenido haciendo otras cosas —miró hacia la cocina—. Huele bien.

—Como despejaste la habitación de Jamie, te he hecho la cena. Pollo guisado. Espero que te guste.

—Gracias, pero esta noche voy a salir. Solo he vuelto a cambiarme —no había ni rastro de pesar en su voz.

—¿Una cita con una mujer? —el tono de su voz era ligero, divertido, y no traslucía la insensata decepción que experimentaba—. ¿Algo serio?

—No es asunto tuyo.

En cierto modo, sí —contraatacó ella—. Quería saber por qué, si sois pareja, no te vas a vivir con ella en vez de hacerlo aquí. Me parecería más lógico.

—No es una relación tan seria.

—Pobre chica.

—Sabe cuidarse sola. A propósito, este es un buen momento para dejar algo claro. No estamos jugando a las familias felices, Laine. Ya no eres la hermana pequeña de Simon. Ni yo soy como un hermano para ti. Compartimos este piso, pero manteniendo nuestro propio espacio. Así que, si tengo la intención de venir a cenar, te lo diré y organizaremos cómo usar la cocina. Pero cada uno se prepara su comida, sin que haya que quedar bien con el otro. ¿Entendido?

–Por supuesto –respondió ella con voz cortante, consciente de que se había sonrojado–. Te pagaré la comida que he utilizado esta tarde.

–No seas absurda. No me molesta que hayas preparado la cena. Pero que no se convierta en una costumbre. No hemos elegido esta situación, pero ahí está, y tenemos que sortearla como mejor podamos. Y para hacerlo, cada uno debe vivir su vida. ¿De acuerdo?

Ella asintió lentamente y Daniel se levantó y llevó el vaso a la cocina. Al volver, se detuvo un momento y la miró con ojos duros.

–A propósito, no te molestes en esperarme levantada ni esta noche ni ninguna otra –y entró en su habitación mientras ella lo miraba fijamente, como si se hubiera vuelto de hielo.

Laine estaba colando la pasta que acompañaba al pollo cuando oyó cerrarse la puerta del piso al salir Daniel. Buena parte del apetito que tenía se había esfumado, pero se obligó a comer algo, sentada en la cocina en vez de en la elegante mesa del comedor, porque se sentiría ridícula allí sola, aunque mucho más si la hubiera puesto para dos personas con la vajilla de plata. Jamie le había dicho que fuera agradable, pero era difícil saber cómo hacerlo, después de sentirse rechazada tras su primer intento. Aunque quizá fuera lo mejor, dadas las circunstancias.

«Ya no eres la hermana pequeña de Simon»: eran palabras que de modo inequívoco, e incluso brutal, le indicaban que no quedaba nada, ni siquiera un resto de cariño. Y, desde luego, nada del renuente sentido del deber que lo había llevado a casarse con ella. Daniel se había desembarazado de unas responsabilidades que no quería y reclamaba su libertad, al tiempo que hacía hincapié en que no deseaba a la mujer en que se había convertido y que, desde ese momento, tendría que arreglárselas sola.

El corazón le pesaba como una losa. Jamás se hubiera imaginado que podría hallarse en semejante situación. Hasta entonces solo había tenido un sencillo plan:
no volver a estar a solas con él. No disponía de otro
porque había creído que no sería necesario. Y allí estaba, atrapada y, en el futuro más próximo, impotente. Si
él se hubiera hallado en la misma posición, ella tal vez
se hubiera hecho fuerte para sobrellevar la situación, y
hubiera aprendido a compartir el espacio y a no sobrepasar los límites. Pero a él le daba igual, porque ella no
le importaba en absoluto.

Hubo un tiempo en que había sido una carga para él;
en aquellos momentos solo era una irritante molestia en
su vida. Nada más. El dolor, las lágrimas, las noches sin
dormir, la desolación y la soledad habían sido solo de
ella. Y saber eso le producía una angustia que no quería
volver a experimentar, una angustia de la que no podía
consentir que Daniel se diera cuenta en las semanas siguientes, porque no estaba segura de qué soportaría
peor: su indiferencia o su compasión.

Comió deprisa y se levantó. «No pienses», se dijo.
«Mantente ocupada». Recogió las cosas de la cena y
dejó la cocina tan limpia y brillante como la había encontrado, asegurándose de no dejar huellas de su presencia de las que él se pudiera quejar. Trató de ver la
televisión, pero pronto se percató de que no conocía
ningún programa, y se puso a cambiar de canal sin parar buscando algo que despertara su interés. Al final lo
dejó exasperada y decidió ponerse a leer. Había algunos libros en las estanterías que no conocía. La mayoría eran novelas de suspense que debía de haber comprado Jamie. Eligió la que le pareció menos morbosa,
pero la historia no la enganchó y la identidad del asesino era evidente desde el tercer capítulo, así que la dejó.

Una de las cosas que había conseguido sacar del barco era su agenda telefónica, y se puso a pasar las páginas tratando de reunir el valor de llamar a alguien, a quien fuera. ¿Tal vez a Fiona, de la galería de arte? ¿O a Celia Welton, su mejor amiga del colegio y su dama de honor en su desgraciada boda? Al mismo tiempo sabía que no debería hacerlo, al menos no en aquel momento, porque no estaba preparada para hacer frente a las preguntas inevitables, sobre todo cuando se supiera que Daniel y ella compartían piso. Cuando su matrimonio acabó con tan sorprendente rapidez, la habían dejado tranquila porque se habían dado cuenta de que estaba desesperada de dolor, y habían reprimido su natural curiosidad y preocupación. Celia, sobre todo, desconcertada pero leal, la había ayudado a recuperarse.

Pero la nueva situación necesitaría explicaciones que no podía dar en aquellos momentos, ya que aún se hallaba en estado de shock. Necesitaba tiempo para reflexionar y encontrar una explicación de lo que le había sucedido y la forma de dejar claro que no se había reconciliado con Daniel por el hecho de que compartieran piso y que nunca lo haría. Eso, a su vez, significaba que en algún momento le preguntarían por lo sucedido dos años antes, por qué su matrimonio no había sobrevivido a la noche de bodas. Después de tanto tiempo, preguntar con tacto habría dejado de ser la principal preocupación. Y si le preguntaban, ¿qué podía decir? La verdad no, desde luego. Y si decía que se había dado cuenta de que no lo amaba, nadie la creería, pues había demostrado claramente sus sentimientos durante mucho tiempo.

Ni siquiera sabía cuándo había comenzado todo, cuándo Daniel había dejado de ser únicamente el amigo de Simon, como un hermano para ella, para pasar a desempeñar un papel muy diferente en sus sueños y esperanzas. Recordaba claramente las primeras vacaciones de mitad de trimestre en Randalls, cuando todo el mundo se había marchado a casa salvo ella. Le habían anunciado que tenía una visita para llevarla a merendar. Había pensado alegremente que tenía que ser Simon. Pero se había equivocado, pues era Daniel, que la esperaba en el vestíbulo de entrada mientras ella bajaba las escaleras con el corazón acelerado por la emoción.

–¿Qué haces aquí?

–He ido a tu casa a verte y no estabas.

–No –replicó ella–. A mi madre no le venía bien. Tenía invitados.

–Eso me han dicho. Así que he decidido venir a verte aquí.

–No tenías que haberlo hecho –susurró ella mientras miraba ansiosamente a su alrededor–. Va contra las normas. Solo nos permiten salir con un miembro de la familia. La señora Hallam, la directora, es muy estricta al respecto. ¿Está Simon contigo?

–No, se ha ido a escalar, la pasión que lo domina –hizo una mueca–. Estoy aquí en su lugar.

–¿No tenías ganas de ir con él? –le preguntó con timidez. Aunque Simon no estuviera, tampoco estaba aquella horrible Candida. Había vuelto el Daniel que ella conocía, y tenía ganas de dar una voltereta de alegría.

–No, por Dios –se estremeció–. Subir una escalera me da vértigo. Bueno, ¿vienes a merendar o no? Todo está arreglado. Tengo permiso de la directora.

–¿Cómo lo has conseguido? No lo entiendo.

–Tengo amigos en las alturas –la arrastró hacia el coche deportivo que los esperaba–. Resulta que mi padre está en el consejo directivo, por lo que la señora Hallam no puede negarme nada. De todas maneras quiero saber cómo te va.

En la cafetería de un lujoso hotel de los alrededores, mientras merendaba, le contó todo: las asignaturas más difíciles, sus profesores preferidos, las albóndigas de sabor horrible que daban para comer los lunes, y que detestaba, las amigas que había hecho y la posibilidad de que el trimestre siguiente entrara en el equipo de natación.

–Y Celia Welton le ha pedido a su madre que pase con ellos las vacaciones de Navidad –terminó triunfalmente–. Venir aquí es lo mejor que me ha pasado en la vida –añadió sin aliento.

A pesar de las normas y reglas, las visitas de Daniel se convirtieron en una característica habitual y anhelada de su vida en Randalls. Algunas de las chicas mayores pronto comenzaron a hacerle preguntas sobre él.

–¿Una especie de hermano? –dijo una de ellas –. Nada menos que Daniel Flynn. Quien tuviera esa suerte: sexo y dinero.

¿Fue entonces cuando había comenzado, cuando sus ideas sobre él habían empezado a cambiar? Tal vez. Lo único que recordaba era que, a medida que se adentraba en la adolescencia, se había vuelto torpe y cohibida en su presencia, y que fantaseaba con él de una forma que se avergonzaba de recordar. Deseaba desesperadamente volver a verlo, pero la paralizaba la timidez cuando aparecía.

Al final, incapaz de hacer frente a la confusión de sus emociones, comenzó a poner excusas para no verlo: que tenía mucho que estudiar o que tenía que jugar algún partido. No podía evitarlo por completo cuando volvía a casa por vacaciones. Pero él, cuando estaba allí, disponía de poco tiempo par dedicarle. Cuando llegaba con Simon, siempre iban de camino hacia otro sitio, invariablemente acompañados de una serie siempre cambiante de chicas, normalmente rubias. Laine las denominaba desdeñosamente «las clónicas», a pesar de que sentía unos celos salvajes que la hacían despreciarse a sí misma.

Pero ese no había sido el único problema. Su madre estaba cada vez más preocupada por el dinero y más descontenta, y sus quejas hacían que Laine se sintiera avergonzada.

–Creía que Simon nos ayudaría más –había dicho Angela una de las últimas veces–, que por eso había abandonado su plan de entrar en la Comisión Forestal y se había colocado en el banco.

Laine no respondió. Sabía lo que le había costado a Simon abandonar su preciado sueño para ir a trabajar a la City. No era de extrañar que dedicara gran parte de su tiempo libre a la escalada, que tanto le gustaba. Ya había estado en diversas expediciones a los Alpes y las Dolomitas. Pero Laine sabía que tenía la vista puesta en horizontes más lejanos, lo cual la inquietaba un poco. Y en un plano más personal, Simon también la preocupaba.

–Voy a cenar con una vieja amiga –le había dicho unos meses antes, en una de sus visitas al colegio–. ¿Te acuerdas de Candy, la que salía con Daniel hace años?

–Sí, la recuerdo –dijo en voz baja, y cruzó los dedos para que todo quedara únicamente en una cena.

Pero no había sido así. Cada vez que Laine volvía a casa, Candida estaba allí, toda sonrisas y encanto, alabando a Angela y cantando las excelencias de las obras del señor Sinclair. Laine había estado tentada de preguntarle qué novelas prefería, ya que estaba segura de que no había leído ninguna, pero se había contenido.

–Mamá– dijo una noche que estaban solas–. ¿Crees que Simon y Candida van en serio?

–Eso parece. Ya hablan de comprometerse. ¿Por qué lo preguntas?

–Me parece raro, porque antes fue la novia de Dan.

–Querida mía –dijo Angela riéndose con indulgencia–, eso fue hace años y ha llovido mucho desde entonces. Daniel es muy rico, sobre todo ahora que su padre ha muerto, y es encantador, pero creo que Candy se dio cuenta enseguida de que su relación no tenía futuro. Y a Daniel le faltó tiempo para sustituirla por muchas otras, así que la ruptura no debió partirle el corazón. Creo que todo fue muy civilizado y que es probable que sea el padrino en la boda. No te importará que Candida haya sido novia de Daniel, ¿verdad? Por Dios, Elaine, dime que no sigues chiflada por él, como cuando eras una niña. Sería muy triste y terriblemente embarazoso.

–No –respondió Laine en voz baja–. No estoy enamorada de Daniel Flynn.

«Aunque tal vez tendría que haberlo considerado así antes de que fuera demasiado tarde», pensó Laine mientras se recostaba y cerraba los ojos, «como la veneración que se siente por un actor o una estrella del rock. Algo pasajero que más tarde podría haber recordado con una sonrisa. En vez de eso, lo convertí en el centro del universo, de todo lo que quería en la vida. Y eso me hizo vulnerable. Sobre todo a los diecisiete años, al enfrentarme a mi primera tragedia personal».

No había presentido que fuera a suceder nada. Solo había tenido un mal presentimiento sobre la boda de Candida y Simon, que tendría lugar aquel verano. En su interior, sabía que Candy habría sido la última persona que elegiría como cuñada. Y se temía que el sentimiento fuera mutuo. Lo único que tenían en común era que las sacaba de quicio que Simon practicara el alpinismo. Ambas se sentían inquietas, sobre todo en aquellos momentos, ya que lo habían invitado a ir al Annapurna para sustituir a otra persona que estaba enferma.

–Es una oportunidad que solo se presenta una vez en la vida –dijo Simon entusiasmado–. Un sueño hecho realidad. Pero he prometido a Candy que lo dejaré cuando nos casemos –se le ensombreció la expresión–. Dice que no es una afición, sino una obsesión, y puede que esté en lo cierto.

Laine recordó que la directora la había mandado llamar y que había acudido a su despacho muy nerviosa, preguntándose qué habría hecho para caer en desgracia. La señora Hallam se había levantado, apesadumbrada, y le había agarrado las manos, un gesto nunca visto.

–Querida –dijo con gravedad– tengo muy malas noticias –vaciló y negó con la cabeza.

«Es Daniel», pensó Laine. «Dios mío, por favor, que no le haya pasado nada malo».

–¿Qué pasa? –no reconocía su propia voz.

–No es fácil decirte esto, Elaine. Es tu hermano Simon. Ha tenido un accidente y él y otro hombre han muerto.

–¿Simon? –la sorpresa se unió a la vergüenza de que su plegaria instintiva hubiera sido por Daniel–. No, debe de tratarse de un error.

–Lo siento mucho, Laine.

Se oyó a sí misma gemir débilmente. La señora Hallam la condujo a uno de los sillones reservados para las visitas y le dijo que estaban haciendo su equipaje, ya que su hermano iba a venir a buscarla.

–¿Quieres que alguna amiga, Celia quizá, esté contigo mientras lo esperas?

–No, gracias. Prefiero estar sola.

La señora Hallam se retiró discretamente. Media hora después, se abrió la puerta del despacho y apareció Daniel.

–Eres tú –dijo Laine como atontada–. Creí que vendría Jamie.

–Iba a venir, pero tu madre se puso histérica ante la idea de quedarse sola. He metido la maleta en el coche, Laine. Podemos irnos cuando quieras.

–Es como si no sintiera nada. Todavía no. No me lo creo.

–Nadie se lo cree.

–¿Sabes qué ha pasado? –preguntó mirando la alfombra.

–Los detalles están aún poco claros. Pero parece que hubo un desprendimiento de rocas que lo arrastró junto a un chico italiano.

–¡Dios mío! –murmuró horrorizada.

–Simon había dejado dicho que avisaran a Jamie si pasaba algo. Fue a él a quien le dieron la noticia. Iba a comer con tu madre, que había ido a Londres de compras con Candida. Jamie me pidió que fuera con él para darles la noticia –se calló durante unos instantes–. Fue terrible, uno de los peores momentos de mi vida –suspiró–. Jamie las llevó de vuelta a casa. Las ha visto el médico y les ha recetado un tranquilizante. Pero tu madre no ha consentido que Jamie se apartara de su vista.

–Es comprensible –tragó saliva–. Ya estoy lista para que nos vayamos.

Llevaban veinte minutos en el coche cuando Laine habló.

–Para, por favor. Creo que voy a vomitar.

Daniel se arrimó al borde de la carretera y ella se arrodilló en la hierba. Encorvó los hombros mientras le daban arcadas secas y dolorosas. Las últimas se transformaron en sollozos. Él la ayudó a levantarse y la abrazó. Le puso la mano en la nuca mientras ella, sobre su hombro, daba rienda suelta a su pena.

«Llora mientras puedas», le decía una voz helada en su interior, «pero hazlo aquí y ahora, porque cuando llegues a casa tendrás que consolar a tu madre y a la que ha estado a punto de ser la viuda de Simon. Y también a Jamie».

Por fin, cuando pareció que no le quedaban lágrimas, se apoyó en él temblorosa y supo que no quería apartarse de la calidez de su abrazo. Fu él quien se separó y la mantuvo a distancia mientras le observaba el rostro triste y pálido.

–Tenemos que volver. Nos están esperando –dijo. Sacó una botella de agua y la obligó a beber antes de mojar el pañuelo y secarle los restos de las lágrimas–. Vas a necesitar toda la fuerza de que dispongas, Laine –le dijo casi con brusquedad al poner el coche en marcha–. Los próximos días no van a ser fáciles.

«Si me abrazaras», pensó ella, «podría con todo. Incluso con esto».

Cuando llegaron, Daniel llevó la maleta al vestíbulo.

–Tengo cosas que hacer, Laine –el tono era casi cortante–. Volveré después.

Lo vio marcharse y tuvo que controlar el impulso de salir corriendo detrás de él, de suplicarle que no se fuera. Pero, desde aquel momento, tenía que ser fuerte. Mientras oía el motor del coche que se alejaba, Jamie salió del cuarto de estar. Estaba pálido. Se acercó a ella y le dio un torpe abrazo.

–Dios mío, hermanita, no me lo puedo creer. Pienso que me voy a despertar de un momento a otro y a descubrir que todo ha sido una pesadilla. ¿Dónde está Daniel? Las dos preguntan por él.

–Ha tenido que marcharse –vaciló–. Jamie, no quiero parecer insensible, pero ¿no sería mejor que a Candida la atendiera su familia? Bastante tenemos ya.

–Se lo he dicho, naturalmente, pero parece que no se lleva bien con su madre. El viaje de vuelta de Londres ha sido terrible. No paraba de decir que el Annapurna estaba maldito y que sabía que iba a ocurrir algo horroroso. Imagínate el efecto de sus palabras en mamá –añadió con pesar.

–¿Ocupa la habitación de Simon?

–Sí. Se fue directamente allí y cerró la puerta. Yo no sabía qué decir. Al fin y al cabo supongo que es donde siempre ha dormido cuando estaba aquí.

–Sí, supongo que sí –suspiró–. Y sin embargo... –le

dio unas palmaditas en el hombro–. Voy a ver cómo está mamá y a esperar a que se despierte.

«Y a esperar también a que vuelva Daniel, porque era el mejor amigo de Simon. Aunque solo sea por eso, estará aquí con nosotros. O al menos durante cierto tiempo. Hasta que acabe el duelo y retomemos nuestras vidas». No se atrevía a mirar más allá porque sabía que sería como hacerlo al fondo de un abismo, un lugar terrible cuya existencia no había conocido hasta aquel momento, pero que parecía haberla estado esperando toda la vida.

Capítulo 5

AL fin se levantó, lentamente y con los miembros rígidos. No sabía el tiempo que llevaba sentada allí, mirando al vacío. Pero se estaba haciendo tarde y no quería estar levantada cuando Daniel volviera. Por otro lado, debido al estado de nervios en que se hallaba, no estaba segura de poder dormir, con la falta que le hacía. Había iniciado un largo y doloroso viaje que aún continuaba. Cuando hubiera acabado, y pudiera dejar descansar el pasado, podría encontrar cierta paz.

A corto plazo le ayudaría tomar algo caliente. Se dirigió a la cocina cojeando. Tal vez el comprobado remedio contra el insomnio de la señora Evershott surtiera efecto. Calentó leche y le añadió miel y nuez moscada. Mientras lo hacía se preguntó qué habría sido del ama de llaves que se había encargado de Abbotsbrook durante tanto tiempo. Esperaba que hubiera encontrado una familia que la valorase como se merecía.

Se llevó el vaso a la habitación que, desde entonces, tendría que considerar suya, y se tomó la leche lentamente mientras se preparaba para acostarse. Lo último que hizo fue guardar su agenda en el bolso, pues, en aquel momento, era mucho mejor no decir que había vuelto, encontrar empleo y esperar a que Daniel acabara de reformar su casa y se mudara. No sería una situación prolongada. Cuando hubiera pasado, incluso podría tomársela a risa o adoptar una actitud despreocupada y civilizada. «No, no nos supuso ningún problema. Éramos amigos mucho antes de casarnos. Y seguimos siéndolo, así que, aunque parezca extraño, todo salió bien». Aunque lo mejor sería no mencionar el tema, fingir que no había sucedido. Ahogo un suspiro. Decidiría qué hacer cuando fuera necesario. En aquel momento, tenía otras prioridades.

Apagó la luz, se dio la vuelta y trató de relajarse, pero mil imágenes le daban vueltas en la cabeza, recuerdos tan dolorosos como una herida.

El cuerpo de Simon y el de Carlo Marchetti, su compañero de escalada, nunca se encontraron, así que se había celebrado una ceremonia conmemorativa en vez de un funeral. Los días previos habían sido tan terribles como Daniel había predicho, o incluso peor. Laine tuvo que dejar a un lado su dolor para apoyar a su madre. Y no solo a ella, ya que Candida se había quedado a vivir con ellos, como si fuera la viuda de Simon. Laine se preguntaba si tendría alguna intención de marcharse.

Durante el servicio, Angela parecía etérea mientras se acercaba con Jamie al banco de la primera fila en la iglesia, seguida de Candida, aferrada al brazo de Daniel. Laine cerraba la comitiva. Muchos de los presentes volvieron después a la casa, por lo que Laine había estado ocupada ayudando a la señora Evershott a servir jerez y refrescos. Cuando todos se marcharon, llegó el momento de leer el testamento de Simon. Lo había redactado a toda prisa, justo antes de marcharse. Solo tenía una cosa de valor, un piso en Londres que había heredado de su padre y que dejaba en herencia a Jamie y Laine.

—¿Qué tontería es esa? —Angela dejó de languidecer de repente y se irguió en el sofá con los ojos llameantes—. Esa propiedad era de mi marido. Creía que Simon solo podía disfrutar del piso mientras viviera. Así que tendría que pasar a ser mío.

El señor Hawthorne, abogado de la familia, tosió secamente

—No, señora Sinclair, se lo legó a su hijo y este podía disponer de él como quisiera. Y sus hermanos son los únicos beneficiarios.

A pesar del profundo desconcierto que la invadía ante aquel giro de los acontecimientos, Laine se dio cuenta de repente de lo pálida que estaba Candida y de cómo apretaba la boca. Simon tampoco la mencionaba en sus últimos deseos. Daniel no había querido estar presente durante la lectura, y Laine fue a buscarlo al jardín, donde estaba sentado en un banco a la orilla del río, lanzando piedras al agua con expresión adusta.

—¿Quieres algo? —preguntó él.

—Quería escaparme un rato —ella trató de sonreír—. Supongo que ya sabías lo del testamento de Simon.

—Me hablo de él, sí. Estarás contenta. Creo que es una propiedad valiosa.

—Debe de serlo a juzgar por la ola de resentimiento que ha producido. Mi madre sugiere que renunciemos a él y que se lo cedamos.

—Jamie tiene que tomar una decisión. Pero, por suerte, tú no podrás hacerlo hasta que cumplas dieciocho años.

—Simon debería haber dejado el piso a Candida. Al fin y al cabo, iba a ser su esposa y se ha quedado sin nada. Me imagino que Simon suponía que iba a volver y que podría cambiar el testamento más adelante.

—Sí —dijo él con voz dura mientras volvía a mirar el río—. Me imagino que eso era lo que pensaba.

—Todo es terrible sin él —dijo Laine en voz baja y apagada.

—Más de lo que te imaginas —sonrió forzadamente mientras ella lo miraba desconcertada—. Pero pronto saldrás de aquí. Dentro de unos días volverás a Randalls.

–Sí. Me siento fatal porque desearía estar allí ahora.

–No lo hagas. Creo que Simon lo entendería perfectamente.

–La barca está allí –dijo ella tras un silencio, indicando con un gesto de la cabeza el viejo bote–. ¿Vamos a dar un paseo por los viejos tiempos?

–No tengo tiempo –el tono era frío y cortante–. Debo irme. Vuelo a Sidney mañana y tengo que resolver algunas cosas.

–Entiendo –dijo ella mientras trataba de ocultar su decepción–. Será mejor que vuelva. Se estarán preguntando dónde estoy –vaciló–. Daniel, sobre el piso... alguien debería hablar con mamá, tranquilizarla como hacía Simon –tragó saliva–. Supongo que tu no podrías...

–Supones bien –su voz era airada–. Métetelo en la cabeza, Laine. No soy Simon ni podría ocupar su lugar aunque quisiera. Además, él no podía calmar a tu madre cuando se sentía agraviada, ya lo sabes. Y tú no tienes que hacer nada. Ya se le pasará. Concéntrate en aprobar y en ir a la universidad el año que viene. Tienes una carrera por delante, el futuro, la vida entera. Deja que tu madre siga su camino, para bien o para mal.

–Lo siento. No era mi intención molestarte.

–Ni la mía hablarte con brusquedad –dijo en tono más amable–. Tal vez unas semanas en Australia me pongan de mejor humor.

«Con tal de que vuelvas», pensó ella.

Daniel hizo una pausa, la miró, y durante unos instantes ella creyó que iba a acariciarle la mejilla o incluso a besarla. Pero solo le habló con voz suave.

–Las cosas mejorarán con el tiempo. Laine. Créeme –y se marchó.

Pero estaba equivocado, pensó Laine mientras daba vueltas inquieta en la cama y trataba de colocar la almohada en mejor posición. Y lo descubrió enseguida.

Tres días después, al volver del pueblo, buscó a su madre, que estaba en el salón.

–Acabo de ver el baúl del colegio en el vestíbulo. ¿Qué pasa?

–He mandado que fueran a buscarlo. Hay que deshacerlo. Donde está, estorba.

–Pero ¿por qué? No ha acabado el curso y tengo un montón de cosas sobre las que me tengo que poner al día. No puedo estar más tiempo fuera.

–Y yo no puedo seguir pagando el colegio –Angela dejó la revista que había estado leyendo y miró a su hija–. Así que he llamado a la señora Hallam y le he dicho que no vas a volver porque te necesito aquí. Lo ha entendido perfectamente.

–Pues yo no. Los gastos los paga la beca.

–Pero no cubre todo. Piensa en todas las prendas del uniforme que hay que sustituir, así como las actividades extra: las clases de piano, por ejemplo.

–Pero tengo que volver a la escuela –Laine comenzó a sentir frío–. ¿Cómo, si no, voy a ir a la universidad?

–No vas a ir. Acabo de terminar de pagar los estudios de Jamie y no tengo intención de comenzar a pagar los tuyos. Además, tengo que tener en cuenta los gastos de la casa, y ahora que Simon ya no está para ayudarnos, habrá que ahorrar. Por tanto, he decidido despedir a la señora Evershott, y tendremos que arreglárnoslas entre nosotras para hacer las labores domésticas y cocinar. Durante el tiempo que queda para que se marche, estarás con ella para aprender a llevar la casa. Ya es hora de que hagas algo útil.

–Por favor. No lo dices en serio. Estamos hablando de mi vida.

–¿Y qué hay de la mía? –de pronto la voz de su madre se tornó estridente–. ¿Te das cuenta de lo que ha sido desde que murió tu padre? ¿Cómo me he visto atrapada en esta casa, cómo he tenido que convencer a mis amigos para que pasen tres fines de semana al mes conmigo, para evitar que me muera de aburrimiento? –se levantó y comenzó a andar inquieta por el salón–. Esta casa lleva años siendo una carga para mí, y es una carga que vas a compartir, Elaine, al menos hasta que cumplas los dieciocho. Pídele a la señora Evershott unas bolsas de plástico para el uniforme –añadió con brusquedad–. Ya no vas a necesitarlo, así que se puede tirar a la basura.

Laine salió lentamente de la habitación. Se detuvo un momento en el vestíbulo. Estaba atontada, como si Angela le hubiera dado una paliza. Siempre había sabido que no era la preferida de su madre, pero había confiado en que el duelo por la muerte de Simon las aproximaría: se había equivocado por completo. El resentimiento de su madre siempre había estado ahí, agazapado, aunque nunca hasta aquel momento lo había dirigido contra ella.

Al llegar a la cocina observó que las señora Evershott estaba pálida.

–Lo siento mucho, Evvy –le dijo abrazándola.

–Nunca hubiera creído –afirmó el ama de llaves– que la señora Sinclair, me trataría así después de tantos años. Esto no hubiera pasado si el señorito Simon siguiera vivo.

«Ni muchas otras cosas», pensó Laine tumbada en la oscuridad. Sobre todo, su amarga boda.

Se había abierto la caja de la Pandora y todos sus demonios atormentaban su torturada mente. Recordó con precisión lo que había sucedido en las tristes semanas en que pasó de ser una niña llena de sueños y esperanzas a una criada. Las primeras noches caía en la cama exhausta de tanto cocinar y limpiar. Pero era joven y fuerte, y acabó por establecer una rutina basada en la lista de labores domésticas de su predecesora. Y había cumplido dieciocho años. No hubo fiesta, ya que Angela dijo, con

lágrimas en los ojos, que era demasiado pronto para ce-
lebraciones, pero algunas de sus amigas de Randalls la
habían llevado a cenar y a una discoteca. Además de los
regalos de su familia, un mensajero le llevó inesperada-
mente un ramo de rosas de parte de Daniel. Oculta entre
ellas había una cajita de terciopelo que contenía unos
pendientes de oro en forma de flor, con un pequeño dia-
mante en el centro.

–Muy bonitos –dijo Angela en tono ácido–. Pero es
demasiado para una chica de tu edad.

–Al contrario –intervino Jamie–. Daniel nos recuerda que Laine es ya, oficialmente, una mujer, con derecho a vivir su vida –añadió con intención– y con capa-
cidad de tomar decisiones.

–No seas absurdo –dijo Angela tras un incómodo silencio, y llevó la conversación por otros derroteros.

Nada había preparado a Laine para la bomba que
explotó unos días después ni para las consecuencias
que tendría sobre su futuro, consecuencias que todavía
seguían afectándola.

Se dio la vuelta en la cama y ocultó la cara en la almohada. Se dijo que, después de dormir, se sentiría mejor, aunque sabía que no era cierto: que el dolor seguiría allí al abrir los ojos.

Se despertó muy temprano. Le pareció que tenía los
ojos llenos de arena, y sentía la garganta seca, como si
hubiera estado llorando en sueños. Recordó que tenía
por delante un día ocupado, por lo que no podía darse
el lujo de seguir durmiendo. Después de darse un baño,
sacó del armario una falda negra y una camiseta blanca. Tenía que parecer una persona eficaz y limpia para
buscar trabajo.

Las prendas necesitaban un toque de plancha, así
que se puso el albornoz, abrió la puerta con precaución

y echó una ojeada al cuarto de estar. Todo estaba tranquilo. Sin hacer ruido, fue a por la plancha a la cocina. La puerta de la habitación de Daniel estaba entreabierta, y Laine pensó que así la había dejado el día anterior al marcharse. Y eso significaba...

Tragó saliva de forma compulsiva, pero se dijo que no era asunto suyo si Daniel estaba o no. Y que, para su tranquilidad, era mejor no saberlo. Mientras se decía estas cosas, abrió la puerta del todo. La habitación estaba vacía y la cama sin deshacer, lo cual confirmaba que Daniel había pasado la noche fuera.

«No estáis casados», se dijo, «ni lo habéis estado en el verdadero sentido de la palabra, lo cual fue una decisión tuya. Y sabes perfectamente que, porque lo rechazaras, no va a dormir solo. Es absurdo sentirte así: asqueada, herida y traicionada, como si te hubiera sido infiel. Y es absurdo que te sientas celosa y te lo imagines haciendo el amor con otra mujer y compartiendo con ella lo que podrías haber tenido pero de lo que voluntariamente te privaste».

—No puedo dejar que esto continúe —dijo en voz alta—. No puedo pensar así si quiero conservar la cordura. Tendré que volverme ciega, sorda y muda mientras dure esta situación. Y cuando acabe y él se haya ido, podré permitirme volver a tener sentimientos y a ser, por fin, una persona completa.

Unas horas después, había conseguido trabajo, aunque su nueva jefa se lo había dado a regañadientes.

—Es usted muy joven para trabajar en esta empresa de limpieza —le dijo la señora Moss—. Preferimos a mujeres mayores. No da usted la talla, señorita Sinclair.

—Le aseguro que estoy acostumbrada al trabajo duro.

—Bueno, andamos algo escasos de personal, así que

la pondré un mes a prueba –afirmó la mujer de mala gana–. Necesito un par de referencias. Eso lo llevamos a rajatabla, ya que la mayor parte del trabajo se realiza en ausencia del cliente – y le habló del sueldo, que era decente y de la jornada, que era extenuante–. Trabajará con Denise, una de mis empleadas con más experiencia, que me informará de su rendimiento. Limpiar requiere un esfuerzo físico –añadió mientras observaba el tobillo vendado de Laine–. Espero que esté en condiciones de hacerlo.

–Es una ligera torcedura –dijo Laine–. El lunes estaré perfectamente.

–Entonces la espero a las siete y media de la mañana. Y exijo puntualidad.

Para celebrar que había encontrado trabajo, entró en un café a tomar un copioso desayuno, cortesía del «fondo para emergencias» de los Sinclair. Después de planchar, había recordado que Jamie y ella guardaban dinero en un tarro de café, escondido entre los útiles de limpieza, por si se presentaba un imprevisto. Pensó que Jamie lo habría vaciado antes de marcharse, pero halló la increíble cantidad de sesenta libras que, administradas con cuidado, atenderían sus necesidades más perentorias. Así no tendría que ir al banco, que se había opuesto rotundamente a que invirtiera en el barco. No le iban a decir que se lo habían advertido, pero la considerarían un riesgo hasta que pudiera demostrarles que se había estabilizado económicamente.

Y también le evitaría la humillación de tener que pedir ayuda a Daniel. Cuando se separaron, él le había ofrecido un acuerdo económico que su abogado había calificado de «sorprendentemente generoso, teniendo en cuenta las circunstancias», pero que ella había rechazado tajantemente, añadiendo que dijera a Daniel que no quería nada de él salvo que pusiera fin al matrimonio. Ese había sido el último contacto entre ambos, a través de terceros, hasta el día anterior. Y era poco probable que Daniel lo hubiera perdonado u olvidado.

Después de desayunar, no tenía ganas de volver a la soledad del piso para ponerse a pensar en Daniel y en dónde y con quién había pasado la noche. Aunque sabía que sería inevitable dondequiera que estuviera y por mucho que tratara de evitarlo. Llevaba dos años haciéndose la misma pregunta y no sabía cómo quitársela de la cabeza. Tal vez dar un paseo la ayudaría. Comprobó con cuidado el estado de su tobillo. Un breve recorrido por sus lugares preferidos serviría para darse más cuenta de que había vuelto a Londres, donde, en realidad, nunca había querido vivir. Pero, tras su matrimonio, no tenía muchas alternativas, ya que no había casa familiar a la que volver. Así que como los inquilinos del piso de Simon habían decidido marcharse a Portugal, la única opción evidente era mudarse allí con Jamie, sobre todo cuando el padre de su amiga Celia le había conseguido trabajo en una galería de arte del West End. Tenía, por tanto, todo lo que podía desear, como se decía repetidamente, al tiempo que trataba de fingir que el centro de su vida no era un agujero negro de soledad e infelicidad.

Pero ya no podía seguir fingiendo ni diciéndose que Daniel pertenecía al pasado. Ni tampoco podía volver a huir. Era hora de quedarse y enfrentarse al dolor.

Volvió al piso a media tarde. Daniel había vuelto antes que ella. Su maletín estaba en un sofá y la puerta de su dormitorio cerrada. Tras una leve vacilación, llamó. La puerta se abrió y Daniel la miró sin sonreír mientras se ataba un albornoz.

–¿Tienes un radar interno que te indica cuando acabo de salir de la ducha? –le preguntó burlón.

–Lo siento –le contestó, furiosa porque se estaba

poniendo colorada–. Tengo que hablar contigo, pero puede ser más tarde.

–Di lo que tengas que decir. Luego, voy a salir.

«¿Y a pasar la noche fuera?». Se mordió la lengua para no hacer la pregunta en voz alta. Lo menos arriesgado era mirar al suelo.

–Tengo que pedirte un favor.

–¿En serio? –con mirada sardónica examinó su blusa completamente abotonada y la discreta longitud de su falda–. ¿No deberías haberte puesto otra ropa más seductora? ¿O me equivoco en el tipo de favor que quieres? Pero no sería la primera equivocación que cometo con respecto a ti.

–Daniel, por favor –inspiró profundamente mientras seguía evitando su mirada–. No me lo pones nada fácil.

–¿Que no te lo pongo fácil? –lanzó una risa breve y dura–. ¿A qué vienen esos miramientos? ¿Crees que me resultó fácil ir a mis abogados y decirles que mi mujer me había rechazado cuando no habían pasado ni veinticuatro horas de la boda?

–No –respondió Laine estremeciéndose–. Y soy consciente de que no tengo derecho a pedirte ayuda, perdona.

–Espera. ¿Qué quieres?

–Ya tengo trabajo. Pero hay que ir a las casas de los clientes cuando no están, por lo que necesito referencias.

–¿Qué clase de trabajo? –preguntó con el ceño fruncido.

–En una empresa de limpieza. Voy a limpiar pisos.

–¡Dios mío! El círculo se ha cerrado.

Era la reacción que Elaine se esperaba, por lo que la aceptó sin inmutarse.

–Al menos esta vez me pagarán. Incluso me darán un uniforme. Pero necesito una carta de recomendación. En realidad, necesito dos. Pero Fiona, de la galería de arte donde trabajé, me dará la otra. Creo que está agradecida de que no fuera a verla para pedirle que me readmitiera. Así que, ¿la escribirás?

–¿Y que se supone que debo decir? ¿Debo jurar que eres totalmente de fiar? Cometería perjurio.

–Si tú lo dices –el dolor la laceraba, pero se mantuvo firme–. Pero creo que lo que le preocupa a la empresa son los robos, y no dirás que te he robado. Quizá baste con que digas eso.

–Quizá –contestó él–. Ha habido un momento en que he creído que esperabas que volviera a convertirme en el caballero de la brillante armadura que corre a rescatarte, lo cual sería pecar de optimismo, incluso en tu caso.

–Vamos a ver si queda claro –dijo Laine echando chispas por los ojos–. Olvídate de ese mito de una vez para siempre: ni soy la azucena del poema de Tennyson ni nunca he pensado que fueras sir Lancelot.

–No sabes lo que me alegra saberlo –le respondió con voz fría–, porque, en el poema, él le dobla la edad. Pero sigo siendo capaz de realizar un acto de caballerosidad de vez en cuando, así que deja la dirección de la empresa de limpieza donde pueda verla y le diré a mi secretaria que les escriba.

–Te lo agradezco mucho.

–Ya sé los límites que impones a tu gratitud y al resto de tus emociones. Que sea el primer favor y el último –y cerró la puerta de la habitación.

Ella se quedó allí, con los brazos cruzados, como si, pensó burlándose de sí misma, tratara de protegerse de una amenaza que, evidentemente, ya no existía, si es que lo había hecho alguna vez. Pero, al volver a su habitación, recordó el deje de ira de su voz, mezclado con algo más mucho menos fácil de definir. Y se estremeció.

Capítulo 6

E L círculo se ha cerrado». Volvía a oír las palabras de Daniel una y otra vez, tumbada en la cama mirando el techo. Era cierto que ella no podía justificar su decisión ni negar su aspecto irónico. Se preguntó si él también estaría pensando en el día, dos años antes, y diez semanas después del funeral de Simon, en que había entrado en el salón de Abbotsbrook y la había encontrado subida a una escalera para poder colgar las cortinas nuevas que acababan de llegar.

–¿Qué demonios haces subida ahí?

Ella no lo había oído entrar, y su furiosa pregunta la sobresaltó, lo que hizo que la escalera comenzara a tambalearse.

–Baja –el tono perentorio no admitía discusión, así que no era necesario que la tomara de la cintura y la depositara en el suelo frente a él, que fue justamente lo que hizo.

–¿Daniel? –se permitió parecer sorprendida, pero reprimió el placer instintivo que le producía volver a verlo tras aquellas semanas interminables, observar lo guapo que estaba. Y se dio cuenta del peligro de estar frente a él mirándolo boquiabierta. Se sintió avergonzada de su ropa de trabajo y de estar acalorada y sucia, pues había estado limpiando los marcos de las ventanas.

—Mi madre no me ha dicho que ibas a venir. ¿Te vas a quedar? Porque tendré que prepararte la habitación...

–Tu madre no sabe que estoy aquí. Me hospedo en un hotel cercano. He venido al no encontrarte en Randalls. ¿Qué pasa, Laine?

–Lo he dejado. ¿No te lo ha dicho las señora Hallam?

–Claro que sí. Pero no me ha sabido decir por qué.

–Porque ya no tenemos ama de llaves y soy más útil aquí –habló con forzada alegría–. Al menos lo seré. Todavía estoy aprendiendo.

–Por Dios –dijo Daniel en voz baja tras un breve silencio–. Me resulta increíble. ¿Qué le ha pasado a la señora Evershott?

–Se ha marchado. Ya no podíamos seguir pagándole.

–¿Así que haces su trabajo? –su voz sonaba extraña–. Supongo que por el mismo sueldo.

–Claro que no. Tenemos que ahorrar –se obligó a sonreír–. Pero me pagan.

–Me lo imagino. ¿Y cuánto pretende tu madre prolongar esta situación?

–Hasta que venda la casa. Se puso a la venta ayer. Mamá trata de que parezca menos vieja –dijo señalando las nuevas cortinas– para impresionar favorablemente a los posibles compradores, pero dudo mucho que muerdan el anzuelo.

–Yo también lo dudo. ¿Cuándo tomó esta decisión trascendental?

–En cuanto cumplí los dieciocho y las cláusulas del fideicomiso dejaron de tener validez. ¡Ah! Gracias por los pendientes y las flores –añadió muy deprisa–. Quería escribirte, pero no estaba segura de dónde estarías.

–Olvídalo –dijo con el ceño fruncido–. ¿Dónde está tu madre? Quiero hablar con ella.

–En el club de golf. Volverá sobre las cinco, y querrá ver las cortinas colgadas.

–Pues que las cuelgue ella –dijo quitándoselas de

las manos y tirándolas sobre una silla–. Que corra ella
el riesgo de partirse el cuello.

–No lo entiendes –protestó–. Es parte de mi trabajo.

–Te equivocas, Laine –le dijo con voz suave–. Entiendo todo perfectamente, salvo qué demonios hace en
el club de golf.

–Va casi a diario. Empezó a tomar clases hace un
año. Su profesor se llama Jeff Tanfield; es un poco más
joven que ella.

–Vamos a hacer café –dijo Daniel tras un breve silencio.

Una vez preparado, se sentaron a la mesa de la cocina con las tazas humeantes.

–¿Qué está pasando realmente, Laine? Quiero saberlo todo.

–Vamos a irnos a vivir a Andalucía –trató de controlar la voz para no mostrar su desesperación–. A una de
esas urbanizaciones turísticas construidas al lado de
una pista de golf.

–¿Tú también?

–Cuando venda la casa, mamá va a invertir en la ur-
banización en España. Jeff continuará dando clases y
ella se encargará de la administración y de cuidar de
los bungalós de los huéspedes. Y yo seré su ayudante.

–¿Cuándo te has enterado de todo esto?

–Unos días después de mi cumpleaños –trató de
sonreír.

–Entiendo. ¿Y estás de acuerdo?

–No tengo muchas alternativas profesionales.

–¿Tiene tu madre la intención de casarse con Tanfield?

–No lo sé. Aunque la oí discutir con Simon justo
antes de que se marchara, y estoy segura de que escu-
ché el nombre de Jeff. No pretendía escuchar la conversación –añadió a toda prisa–. Pero ella hablaba en voz
muy alta.

–¿Entonces Simon lo sabía? ¿Cuántos años se llevan?

–Siete u ocho, no estoy segura.

–¿Y crees que esa diferencia de edad es una barrera insuperable para casarse?

–Bueno, normalmente pasa lo contrario: el hombre es mayor que la mujer.

–¿Qué te parece tu posible padrastro?

–Me parece bien, supongo –dijo ella lentamente, tratando de ser justa–. Pero intento no pensar en él ni en nada de todo esto. Al morir Simon creí que las cosas no podrían empeorar, pero así ha sido. Todo ha comenzado a desmoronarse de repente, y no sé cómo detenerlo.

Se produjo un silencio, interrumpido por el ruido de un coche que se acercaba.

–¿Es tu madre? –preguntó Daniel.

–No, es el taxi del pueblo. Debe de ser Candida, que viene a pasar el fin de semana.

–Me sorprendes. ¿Lo hace a menudo?

–Supuestamente está ordenando las cosas de Simon, eligiendo las que se van a donar a una organización caritativa, porque mamá se siente incapaz de hacerlo. Pero no parece que progrese mucho –se levantó–. Voy a encender el horno. Ayer hice estofado y hay que calentarlo. Si quieres quedarte, hay de sobra.

–No. Tengo un plan mucho mejor. ¿Y si salimos a cenar?

–No puedo. Tengo que preparar el resto de la cena.

–Nada de eso –dijo levantándose él también–. Les vendrá bien prepararse algo de comer. Y no acepto que me digas que no.

La puerta de la cocina se abrió con fuerza y apareció Candida con aspecto contrariado.

–El servicio de trenes es nefasto. Llegué mucho antes de la hora, pero ya estaba todo lleno... –vio a Daniel y se interrumpió, mientras una sonrisa radiante le iluminaba la cara–. Querido Daniel, qué alegría. No sabía que venías.

–Yo tampoco sabía que te vería aquí –le respondió con suavidad–. ¿Cómo estás?

–Al pie del cañón. Vengo la mayor parte de los fines de semana para acompañar a la pobre Angela –suspiró–. Tratamos de ayudarnos mutuamente.

–Entonces me sorprende que no hayas ido directamente al club de golf –comentó Daniel en tono anodino–. Me he enterado de que ahora es su refugio. Pero está bien que hayas llegado pronto, porque supongo que Angela estará cansada y hambrienta tras una tarde jugando, así que puedes preparar la cena para las dos. Laine y yo salimos a cenar.

–¡Qué magnífica idea! –dijo Candida con otra sonrisa radiante–. ¿Por qué no salimos todos a cenar juntos?

–Porque solo he invitado a Laine, como compensación por haberme perdido su cumpleaños.

–Pero estoy segura de que no le importará –su voz había adquirido un tono metálico–. A fin de cuentas, fuiste muy generoso en esa fecha, si no recuerdo mal. No hay que mimarla demasiado.

–No lo haré. Además, la compensación es para mí, no para ella –rodeó la mesa, atrajo a Laine hacia sí y la besó levemente el cabello–. Ve a ponerte guapa para mí, bonita. Volveré a las siete.

Laine, consciente del temblor repentino e incontrolable que la invadía, miró a Candida, que se había sonrojado, y decidió salir corriendo mientras las piernas la siguieran sosteniendo. Mientras subía las escaleras a toda prisa, se repetía las palabras «volveré a las siete» como si fueran un ensalmo que le traería buena suerte.

«Y quizá creí que así sería», pensó Laine con desgana, mientras recordaba cómo había repasado todas las prendas de su guardarropa en busca de algo que hiciera justicia a la ocasión, al tiempo que se decía que aquello no era una cita, que Daniel trataba de ser amable.

«Si lo sabía entonces, ¿por qué no lo recordé después, cuando realmente importaba?». Oyó cerrarse la puerta de la entrada y supo que Daniel se había marchado y que volvía a estar sola, lo que significaba que podía salir de la habitación y moverse por la casa con libertad, pero decidió quedarse donde estaba y seguir removiendo el pasado y pensando en aquella noche en que su vida cambió de manera radical y maravillosa, o eso creyó entonces.

Al final, decidió ponerse una falda turquesa y una blusa blanca. No era un atuendo seductor ni sofisticado, pero los pendientes que él le había regalado lo convertirían en algo más especial. En el último momento se puso un colgante de ópalo que le había regalado al cumplir los diecisiete y observó cómo colgaba con naturalidad entre sus pequeños senos. Se preguntó si él también se daría cuenta de eso, pero no quiso seguir por ese camino, pues el colgante ya le había causado suficientes problemas cuando, la tarde de su cumpleaños, había corrido a abrazar a Daniel para darle las gracias por el regalo y había buscado su mejilla con los labios, pero se había encontrado con la cálida presión de su boca, de la que una extraña incapacidad le impidió apartarse de inmediato. Un error que ninguno de los presentes había dejado de observar, sobre todo Angela, que la reprendió duramente después, diciéndole que era demasiado mayor para lanzarse a los brazos de Daniel de esa manera. Pero esa tarde, al sentir sus labios en los de él, se había sentido muy joven.

Se sonrojó, por razones incomprensibles, mientras se pintaba los labios, al pensar en la ropa interior, limpia pero vieja, que llevaba. Se alegraba, por tanto, de que no fuera una cita de verdad, por lo que no habría posibilidad alguna de que ellos..., de que él quisiera... En ese momento, se ordenó a sí misma dejar de pensar. Agarró el bolso y bajó.

Angela aún no había vuelto, y Candida estaba en el salón hojeando una revista de un modo que parecía más bien que deseara arrancarle las hojas y lanzárselas a alguien.

–¿Vas a llevar eso puesto para salir a cenar con Daniel? –la miró con dureza.

Laine fingió que revisaba lo que llevaba en el bolso, al tiempo que se daba cuenta de que su frágil seguridad en sí misma se estaba haciendo añicos. El sonido del timbre de la puerta la salvó.

–Ah –dijo al ver a Daniel, vestido con un traje negro y una corbata de color rubí–, eres tú.

–¿A cuántos hombres más vas a ver esta noche?

–Pero nunca llamas a la puerta. Entras y ya está.

–No si lo que quiero es salir pitando –miró por encima del hombro de Laine–. Vamos –dijo tomándola de la mano.

–¿Es nuevo el coche? –preguntó ella mientras el motor se ponía en marcha.

–Sí, es nuevo, pero siempre compro el mismo modelo de la misma marca. ¿Estás aprendiendo a conducir?

–Todavía no –y probablemente nunca lo haría. Las clases eran muy caras, y no veía a su madre pagándolas ni dejándole usar el único coche de la casa. Lo miró de reojo–. Tienes buen aspecto –dijo con timidez–. Estás muy moreno. Creía que en Australia ahora era invierno.

–Así es, pero, a la vuelta, fui a visitar a unos amigos en Estados Unidos. Pasé dos semanas en Cape Cod, donde tienen una casa.

–Debe de ser precioso.

–Es increíble, con mucha playas para pasear.

Daniel se quedó callado, concentrándose en la con-
ducción. A Laine no le importó. Le bastaba estar sentada a su lado y recrearse en sueños imposibles. Pero
cuando el coche llegó a unas puertas de hierro forjado,
se incorporó con rapidez y dejó de soñar despierta.

—¡Esto es Langbow Manor! ¿Vamos a cenar aquí?

—¿Tienes algo en contra? —parecía sorprendido.

—Nunca he estado. Pero ¿no es carísimo?

—Eso no es una objeción que me suelan plantear
cuando llevo a cenar a una chica —le dijo mientras apar-
caba.

—No, claro que no —se sonrojó—. Lo siento. Es que
no voy vestida para un sitio tan lujoso.

—Seré la envidia de todos los hombres.

La habitación en la que entraron era como el precioso
salón de una casa, con sofás y sillas en torno a mesitas.
Al momento llegó un camarero. Pidieron un aperitivo. Le
sirvieron las bebidas de inmediato, acompañadas de exquisitos canapés.

—Después no podré comer nada —suspiró ella.

—Seguro que sí —le contestó el riéndose.

Y tenía razón. Por nerviosa y emocionada que se
sintiera, la espuma de berros y la langosta con mayone-
sa que le sirvieron estaban tan deliciosas, que dejó el
plato limpio. Tomaron un vino blanco que eligió Daniel. Incluso pudo comerse el hojaldre relleno de fresas
que pidió de postre.

—Este sitio es mágico— dijo Laine mientras miraba a
su alrededor con ojos brillantes. Como la noche era
agradable, las puertas del restaurante que daban al jardín estaban abiertas—. Lo recordaré siempre —trató de
sonreír—. No creo que en España haya nada igual.

—Supongo que no. Entonces, ¿por qué te vas?

—Lo dices como si tuviera elección.

—La tienes —dijo él en voz baja—. Podrías quedarte
aquí, en Inglaterra... conmigo.

El mundo se detuvo para Laine. Le costaba respirar. A duras penas pudo contestarle.

–¿Me estás ofreciendo trabajo?

–No exactamente. Te pido que seas mi esposa.

Se produjo un silencio.

–Si es una broma, es muy desagradable –dijo ella en tono vacilante.

–¿Tengo por costumbre ser desagradable? –preguntó él mientras le tomaba la mano.

Sin decir nada, Laine negó con la cabeza mientras se esforzaba en no recordar la procesión aparentemente interminable de rubias.

–Pues entonces... –se produjo otro largo silencio–. Cariño, tus dudas no le están haciendo mucho bien a mi autoestima. Verás, creí que te gustaba.

–Y me gustas.

«Te quiero, siempre te he querido y siempre te querré», se dijo.

–Pero no lo suficiente para casarte conmigo, ¿es eso?

–Me imagino que no pensaba que eras de los que se casan –seguía sin mirarlo.

–Te diría que he estado esperando que te hicieras mayor, pero no me creerías, sobre todo cuando me has visto pasármelo bien con unas y con otras. ¿Es ese el problema, cariño, mi pasado? ¿No podríamos ponernos de acuerdo para enterrarlo y centrarnos únicamente en el futuro? A no ser que quieras casarte con un hombre virgen, y espero que no sea así por muchos motivos.

–No, no es eso lo que quiero –dijo ella con voz ahogada.

–Es un alivio –la examinó durante unos instantes–. Te he sobresaltado, ¿verdad, cielo? No era mi intención. Creí que tu intuición femenina te habría hecho presentir por qué te he sacado de casa esta noche.

–Quizá no sea muy femenina –trató de sonreír.

–No me lo creo..

Despreocupadamente, él le dio la vuelta a la mano y comenzó a trazar un círculo en la palma con el pulgar. A pesar de la suavidad de la caricia, Laine sintió que la traspasaba con una punzada de deseo tan rápida, intensa e inesperada, que casi gritó de asombro. De pronto comenzó a derretirse, a convertirse en líquido con un deseo que no sabía que existía. Percibió que se le endurecían los pezones y que todos sus sentidos ardían por la conciencia de la proximidad de Daniel. Supo, al mismo tiempo, que quería estar aún más cerca, unirse a él, formar parte de él para siempre, total e irrevocablemente. Ser una mujer: su mujer. Su voz le llegó en un suave murmullo.

–Cásate conmigo, Laine.

Tenía la boca seca, un nudo en la garganta, pero consiguió hablar también en un susurro.

–Sí.

Daniel le soltó la mano y adoptó un aire compungido.

–Vamos a darle la noticia a tu madre.

«Pero no quiero marcharme todavía. Te hospedas aquí, me lo has dicho, y quiero estar contigo», quiso gritar ella. Pero no dijo nada, se limitó a sonreír y a asentir, y trató de ocultar la sensación de miedo que crecía en su interior mientras rezaba para que resultara injustificado. Pero no lo fue.

–¿Que quieres casarte con Elaine? –Angela miraba fijamente a Daniel–. ¿Con esta niña? ¿No pretenderás que esté de acuerdo?

Laine estaba al lado de Daniel, con su mano en la de él. Quería que se la tragara la tierra ante semejante humillación. Veía a Candida sentada muy tiesa; su cara era una máscara de piedra. Y a Jeff Tanfield, boquiabierto al lado de la mesa con las bebidas.

–No le pido su consentimiento, señora Sinclair. No

lo necesito. Me limito a informarle, por cortesía, de nuestras intenciones. Nos casaremos dentro de unas semanas.

–Pero eso es imposible. Tengo que vender la casa, organizar la mudanza a España. No voy a poder organizar una boda también.

–Nadie se lo está pidiendo –dijo Daniel en tono seco–. Hablaré con el párroco para concertar una fecha a mitad de semana, y la lista de invitados, al menos por mi parte, será mínima. Luego daremos una pequeña recepción aquí. Yo pagaré la comida y el champán. Lo único que usted debe hacer es ayudar a Laine a elegir qué ponerse y mandarme la factura.

–Has perdido el juicio –le espetó Angela–. En primer lugar, los Daniel Flynn de este mundo no se casan de repente con una mujer insignificante en un lugar remoto como éste.

–Es evidente que no puedo hablar por los demás, pero este Daniel Flynn suele hacer lo que le gusta. Y lo que ahora pretendo es que Laine sea mi esposa lo antes y lo más sencillamente posible –se volvió hacia ella y se llevó su mano a los labios–. Que parece que es lo que también ella desea.

–Sí –consiguió articular–. Es lo que quiero.

–¿Y qué pasa con su madre? –Jeff Tanfield se adelantó con repentina beligerancia–. Angela contaba con que Laine la apoyaría en nuestra aventura en España. Los dos lo hacíamos, como bien sabe ella. Como parte del equipo, obtendría una valiosa experiencia y la posibilidad de ver mundo.

–Sería una excelente fregona, cierto –Daniel lo miró con desprecio–. Pero me parece que a Laine le resultará más divertido viajar y vivir conmigo que la vista que le pueda ofrecer un lavadero español. Y le garantizo que las condiciones laborales y el sueldo también serán mejores.

–La historia de Cenicienta, ¿verdad? –Angela soltó una risa seca–. Pero, querido Daniel, no consigo verte en el papel del príncipe. Espero, por su bien, que mi hija sepa a lo que se enfrenta.

–Si no lo sabe, estoy seguro de que usted se lo dirá –la miró con desdén y luego se volvió hacia Laine, dulcificando la expresión de la cara–. Tengo que irme –vio la desesperación en sus ojos y le sonrió–, pero volveré a primera hora de la mañana para llevarte a comprar el anillo.

«Llévame contigo», le rogó Laine en silencio. «No me dejes sola con ellos, por favor».

–Elaine tiene que trabajar mañana –dijo Angela con hostilidad–. Además, debe enseñar la casa a los posibles compradores.

–Que lo hagan los de la inmobiliaria –le aconsejó Daniel con la misma frialdad–. Para eso les paga. Y contrataré a alguien para que haga las labores de Laine en la cocina –la tomó de la cintura–. Ven a darme las buenas noches, cielo.

La noche era cálida, pero Laine tiritaba mientras estaban en la puerta principal.

–Ha sido horrible.

–Podía haber sido peor.

–No creo –su voz sonaba desolada–. Puedo seguir haciendo las tareas domésticas, Daniel. A mamá le gustaría, y a mí no me importa.

–Pero a mí sí. Quiero que tengas las manos suaves para nuestra luna de miel –se rio burlón al ver que ella se ruborizaba y le dio un rápido beso en la boca–. Que tengas dulces sueños.

Laine no soportaba la idea de volver al salón, así que subió a acostarse, aunque estaba segura de que no podría dormir. Estaba a punto de apagar la lamparilla cuando entró su madre.

–No hay duda de que eres un enigma. Le has contado una historia lacrimógena, ¿verdad? ¿O hay algún otro motivo para esta boda apresurada? ¿No te habrá dejado embarazada?

–Sabes que no –respondió Laine totalmente ruborizada.

–No se me ocurre otra razón por la que se moleste por ti. Aunque supongo que la carne joven siempre resulta atractiva, incluso para alguien tan exquisito como Daniel Flynn ¿Pero casarse? –se rio con dureza–. Jamás, querida.

–¿No se te ha ocurrido que esté enamorado de mí? –tenía la garganta tan seca que le dolía.

–Francamente no. ¿Es eso lo que te ha dicho?

–Desde luego –Laine se dio cuenta de que Daniel no había pronunciado la palabra «amor» en ningún momento. Y cuando Angela se marchó y volvió a quedarse sola, no dejó de darle vueltas durante toda la noche.

Capítulo 7

POR qué seguí adelante como si todo fuera bien?», se preguntó Laine. «En nuestro compromiso matrimonial no había pasión alguna. Incluso yo me daba cuenta, a pesar de mi inexperiencia». Era verdad que se veían poco. Cuando Daniel iba a verla, no se quedaba a pasar la noche, sino que se hospedaba en Langbow Manor. Y aunque cenaban juntos allí, siempre era en el restaurante. Nunca le había propuesto subir a su suite. Y ella era demasiado tímida para pedírselo, para manifestarle su desesperado deseo de estar entre sus brazos, de pertenecerle por completo.

–¿Dónde está tu ardiente amante este fin de semana? –le había preguntado una vez su madre–. Sus ausencias son demasiado evidentes.

–Su empresa va a adquirir una revista alemana –había contestado Laine–. Ha habido problemas, así que ha tenido que marcharse. Además –dijo alzando la barbilla–, tenemos toda la vida para estar juntos.

Pero aunque se ausentara, Daniel había cumplido su palabra en otros aspectos. Había realizado rodos los preparativos de la boda y había abierto una cuenta corriente para Laine con tal cantidad de dinero, que pensó que nunca se lo gastaría. Además, la señora Goodman se había instalado en la casa como ama de llaves temporal. Y Laine había recibido una llamada de una escuela de conducir para informarle de que le habían pagado las clases para sacar el carné. Tenía todo lo que había deseado excepto lo más importante: saber qué sentía Daniel por ella.

«¿Por qué no me enfrenté al problema y le pregunté si me quería? Porque lo amaba y deseaba más que a nada en el mundo». Y la contención de Daniel, sus breves y suaves besos y caricias la excitaban, pero no la satisfacían, lo único que hacían era intensificar su deseo.

Menos mal que tenía muchas cosas que hacer, porque si no se hubiera vuelto loca. Una de ellas había sido elegir de entre sus libros y bienes personales los que quería llevarse al piso de él en Londres, lo que había contribuido a que la idea de ser su esposa le pareciera más real. Eso y el anillo de rubíes y diamantes que los dos habían visto a la vez entre los muchos que estaban examinando. Se sonrieron y decidieron que aquel era el que querían. Era la prueba de que de verdad iba a casarse con ella.

Trató de ser dura y llevarse únicamente las cosas importantes, y dar el resto a una organización caritativa. Además ya se había vendido Abbotsbrook, y el comprador quería que quedase vacía lo antes posible.

—Va a ser una residencia de ancianos muy cara —le dijo a Daniel una de las veces que cenaron juntos—. Parece que nuestro comprador tiene varias.

—¿No te parece bien?

—Ya está vendida, y mi madre está contenta. Pero me hubiera gustado que hubiera seguido siendo un hogar para otra familia, que otros niños hubieran crecido en ella queriéndola como yo.

—¿Tan buenos recuerdos tienes? No me lo parecía.

—No todos, pero muchos —«sobre todo los que tienen que ver contigo, amor mío», pensó.

—Espero que tu madre haya conseguido un buen precio —comentó Daniel en tono cáustico—. Lo va a necesitar para mantener la seductora dentadura del señor Tanfield, además de otras cosas.

–Tiene una sonrisa deslumbrante –reconoció ella tratando de no reírse–. Pero parecen felices.

–Es alentador –dijo Daniel con sequedad–. Y probablemente temporal. ¿Ha pensado tu madre en firmar un acuerdo prematrimonial?

–Creo que no –respondió bajando la vista porque se había sonrojado, ya que eso era precisamente lo que le había aconsejado su madre la noche anterior, uno de los motivos por lo que de momento no se hablaban. El otro era que había invitado a Candida a la boda.

–¿Y si te deja plantada cuando la novedad desaparezca? –le había preguntado Angela–. Es muy rico, un multimillonario. Puede permitirse pagar sus placeres.

–Si me deja plantada, ninguna cantidad de dinero mejorará las cosas para mí.

Lo que ni ella ni su madre habían previsto era que sería ella la que se marcharía.

La mañana de la boda llovía, pero el cielo se despejó justo antes de que ella saliera para la iglesia, y Celia, que la ayudaba a prepararse, le dijo que era un buen presagio, el mejor.

–¿Sabes adónde vais a ir en la luna de miel o es una sorpresa?

–No podemos irnos muy lejos debido a que la adquisición de la revista alemana aún no se ha cerrado –se examinó en el espejo desde todos los ángulos para comprobar que el caro vestido de satén no tenía arrugas–. Así que Daniel ha alquilado una casa en el campo, en un lugar apartado.

–¡Por Dios! –exclamó Celia–. ¿Tiene agua corriente?

–Y piscina –se rio Laine–. Así que no debe de ser muy rústica. Daniel me ha dicho que, cuando la adquisición se lleve a cabo, me llevará a un lugar romántico como compensación.

–¿No tiene por casualidad un hermano? ¿O un primo?

—Lo siento —le sonrió—. Pero creo que el padrino no está comprometido.

—Entonces tendré que apuntar más bajo —Celia lanzó un exagerado suspiro y se dirigió a la cama, sobre la que estaba la maleta de Laine abierta. Acarició el delicado tejido del camisón que había encima de todas las demás prendas—. Es precioso, pero has malgastado el dinero.

—He pensado que lo mejor era tener uno... por si se declara un incendio.

—Laine —dijo Celia con voz suave tras un silencio—, no hay motivo alguno para preocuparse.

—¿Tanto se me nota? —la miró afligida.

—¿Y qué pasa si se te nota? Aunque, para serte sincera, no sé cómo habéis conseguido no tocaros.

—A veces, yo también me lo pregunto —agarró el ramo de rosas blancas y se dirigió a la puerta—. Es hora de irse.

Jamie la esperaba en el vestíbulo.

—Estás muy guapa. Tal vez Daniel no esté loco del todo.

—¿Qué demonios quieres decir?

—Que no parecía de los que se casan —le dijo mientras la ayudaba a entrar en el coche que los esperaba—. Y supongo que la noticia sería un mazazo para mamá, que nunca hubiera pensado... —se interrumpió bruscamente y cambió de tema—. ¿Sabías que insistió en que invitáramos a Tanfield a la despedida de soltero de Daniel? Guy, el padrino, cree que el tipo lleva peluquín, y si hubiéramos bebido más, lo habríamos averiguado —añadió sonriendo—. Pero nos mantuvimos bastante sobrios. Creo que mi futuro cuñado no quería que una fuerte resaca influyera en su noche de bodas.

—Tendría que haber sido más que fuerte para durarle veinticuatro horas —dijo Laine en tono ligero para ocultar la vergüenza.

–Si tiene la intención de esperar tanto... No hay ninguna ley que dicte que solo se pueden tener relaciones sexuales en la oscuridad, hermanita, como pronto descubrirás.

–¿Te importa que cambiemos de tema?

–En absoluto –accedió sin inmutarse–. Resulta que quiero hablar contigo de un asunto de negocios.

–¿Camino de la iglesia? –le preguntó boquiabierta.

–¿Por qué no? Son buenas noticias. Los inquilinos del piso de Simon han decidido marcharse a Portugal. El piso se quedará vacío a final de mes, y querría mudarme a vivir allí. Pero, como también eres la dueña, necesito tu consentimiento por escrito –la miró con ansiedad–. No te importa, ¿verdad? Al fin y al cabo, no lo vas a necesitar.

–No –respondió ella–, no lo necesitaré. Y no me importa. Envíame lo que tenga que firmar cuando vuelva del viaje de novios.

Había más gente en la iglesia de la que esperaba. Durante la ceremonia, Daniel prometió amarla hasta la muerte, y su cálida boca en la suya fue una bendición que la hizo temblar.

Al volver de la boda en el coche, Daniel la atrajo hacia sí y le acarició el pelo con los labios.

–Bueno, señora Flynn. Aquí estamos, finalmente.

Y Laine, mirando el anillo de casada, sintió que la alegría crecía en su interior como los capullos en primavera.

Después de los brindis y de comer la tarta, se escapó a cambiarse. Celia flirteaba con el padrino, y era evidente que no quería que la molestaran. Pero Laine también quería estar sola en los últimos momentos en su casa antes de marcharse como esposa de Daniel. Estaba en bragas y sujetador, a punto de ponerse el vestido amarillo que pensaba llevar en el viaje, cuando llamaron a la puerta.

–Adelante –dijo, creyendo que era Daniel. Pero al ver quién era, se sintió decepcionada–. Candida, qué sorpresa.

–Ha sido un día sorprendente –se sentó sin ser invitada–. Así que Daniel lo ha hecho. Estoy atónita.

–Si has venido a decirme cosas desagradables –dijo mientras se ponía el vestido–, preferiría que te fueras.

–Una actitud muy digna –dijo Candida en tono de burla–. La viva imagen de la esposa de un magnate. Sabrás desempeñar el papel mientras dure tu matrimonio.

–Ya basta –dijo Laine mientras abría la puerta–. Vete.

–Lo haré cuando quiera y cuando te haya dicho lo que he venido a decirte. Así que te sugiero que me escuches. Eso está mejor –prosiguió al ver que cerraba la puerta y se sentaba–. Me das pena, Elaine. Cuando Daniel ha dicho «sí, quiero», habrás pensado que habías ganado el gordo en la lotería de la vida. Pero lo que has oído, pobrecita mía, son las palabras de un hombre que, de mala gana, cumple la promesa que le hizo a su amigo muerto de cuidar de su hermanita, una promesa que hizo contra su voluntad, porque no pensó que tuviera que cumplirla, ya que Simon volvería y lo liberaría de su compromiso. Pero Simon no volvió. Y, de pronto, Daniel te tuvo agarrada a su cuello como una lapa, llorando y gimiendo sobre tu destino, sin estudios ni futuro, provocando su compasión y recordándole la promesa que había hecho de cuidarte.

–No te creo –dijo Laine.

–Claro que no, y no te culpo por ello. Si estuviera en tu lugar, preferiría creer que Daniel se había enamorado de mí. Pero no es que te haya hecho mucho caso desde que os comprometisteis, ni tampoco antes –se echó a reír–. De hecho, me sorprendería saber que sois algo más que amigos. Aunque estoy segura de que Daniel cumplirá con su deber esta noche.

–¿Su deber? –Laine alzó la barbilla con desdén mientras trataba de ocultar los latidos desbocados de su corazón y las náuseas que el miedo le provocaba–. ¿Piensas que solo será eso?

–Sigues sin creerme, ¿verdad? ¿Quieres que te lo demuestre?

«No», pensó Laine, «quiero que desaparezcas y me gustaría que estos últimos cinco minutos no hubieran transcurrido, y que entre Daniel y me tome en sus brazos».

–Encontré esto entre las cosas de Simon –dijo Candida mientras abría el bolso y sacaba un papel–. No me causa placer alguno enseñártelo, créeme.

–Entonces, ¿por qué lo haces? –la mano no le tembló al agarrarlo.

–Porque corres el grave peligro de hacer el ridículo y de poner a Daniel en una situación violenta, cosa que estoy segura de que no deseas. Así que es preferible que entiendas los términos de tu matrimonio desde el principio y que no le pidas a tu marido más de lo que te puede dar.

Laine reconoció inmediatamente la letra de Daniel. La carta comenzaba de forma brusca.

Simon: Siento lo de anoche, los dos dijimos cosas de las que nos arrepentimos. Pero que de pronto me pidieras que me ocupara del bienestar de Laine si no volvías del Annapurna era algo que no me esperaba. Como te dije, no quiero tener esa responsabilidad. Sabes cuáles son las razones y siento que no estés de acuerdo con ellas, porque no van a cambiar. No obstante, lo he estado pensando y reconozco que tienes buenos motivos para preocuparte por Laine, por lo que, a pesar de mis reservas, acepto la obligación de ocuparme de ella en tu lugar, a pesar de la terrible carga que supone. Pero sé que no se lo puedes pedir a nadie más.

Solo una cosa más. Ese viaje al Annapurna no es una buena idea. Es evidente que hasta tú mismo te das cuenta, por lo que ni siquiera ahora es tarde para dar marcha atrás. Al mismo tiempo sé que no es tu estilo, así que, si te vas, haz todo lo posible por volver sano y salvo, o destruirás mi vida y también la de Laine, además de la tuya. No nos hagas eso, por favor. Daniel

Laine la leyó otra vez hasta grabarse cada palabra en el cerebro para no olvidarla ni perdonarla. Alzó la cabeza y miró la cara sonriente de la mujer sentada en su cama, y tuvo ganas de arañársela hasta hacerle sangre.

—Gracias. ¿Quieres que te la devuelva?

—No hace falta. Ya ha cumplido su misión, así que quédatela —se levantó y se dirigió a la puerta—. Pobre Elaine. He destrozado tus ilusiones. Pero era mejor que lo supieras por mí que por Daniel, ¿verdad? Además, te has casado con un hombre por el que estás loca, y más vale eso que nada. Recuérdalo y todo irá bien —dijo antes de cerrar la puerta.

Cuando pudo moverse, Laine se levantó y metió la carta en uno de los bolsillos laterales de la maleta, como si al esconderla pudiera borrar de la memoria las frases hirientes que le habían destrozado la vida.

«Terrible carga», decía la carta. «¡Dios mío! ¿Qué voy a hacer?», pensó. Dos horas después, seguía sin hallar la respuesta, al llegar con Daniel al destino de su luna de miel. Era como si se hubiera convertido en dos personas: una que sonreía radiante como una recién casada, que se había despedido de todos y había lanzado el ramo, que cayó en manos de Celia, y otra, oculta, que esperaba atontada en la oscuridad y rezaba para que cesara el dolor.

No podía seguir casada con él. Esa fue una de las conclusiones a la que llegó; la otra, y más importante,

fue que Daniel no podía descubrir que ella sabía por qué
se habían casado, ni que había leído la maldita carta y el
mensaje que contenía: que, a los dieciocho años, su matrimonio era una farsa y ella, una esposa no deseada,
una responsabilidad que él se había visto obligado a
aceptar. Y aunque ella supiera su secreto, no consentiría
que él supiera el suyo, porque se moriría de vergüenza y
humillación.

«¿Por qué le demostré que me horrorizaba ir a España?», se preguntó con desesperación. «Debía haber
fingido que se trataba de una aventura, de una oportunidad ideal, librándole así de su promesa a Simon».

–Estás muy callada –observó Daniel de repente–.
Apenas has abierto la boca desde que salimos. ¿Estás
bien?

–Estoy bien –mintió–. Un poco cansada después de
las últimas y frenéticas semanas.

–Tenía que haber estado más contigo, pero tenía
que zanjar el asunto de la revista. Pero eso se ha acabado. De ahora en adelante voy a dedicarte toda mi atención, cariño.

«No me digas 'cariño' ni me mires como si te preo-
cuparas por mí. Sobre todo, no seas amable, no lo soporto, porque sé que eso es lo único que hay...».

–Espero que te guste la casa –continuó él–. Un matrimonio, los Jackson, contratado por los dueños, cocina, limpia y cuida el jardín.

–¡Estupendo! –respondió ella mecánicamente.

Y la casa era, desde luego, maravillosa. Los Jackson los esperaban para darles la bienvenida y llevar el
equipaje a un amplio dormitorio que daba al jardín. La
ventana estaba abierta, y Laine se fue directamente hacia ella como si tratara de no fijarse en la gran cama y
su hermosa colcha. Aspiró el aroma de las flores y tocó
los pétalos de las rosas que cubrían la pared.

–¿Estás contenta? –le preguntó Daniel con voz suave.

–Claro. Es preciosa –dijo dándose la vuelta y mirando alrededor–. Aunque no hay muchos armarios.

–Pero ¿cuántas cosas has traído? –esperó unos instantes a que ella respondiera a su sonrisa burlona, pero fue en vano–. Hay otra habitación enfrente. Puedo poner mis cosas allí para dejarte más sitio.

–Gracias. ¿Podríamos luego tomar un té?

–Excelente idea. ¿Y cuando me vas a permitir que te bese y que te desabroche los botones del vestido?

Laine pensó que, unas horas antes, se hubiera lanzado a sus brazos y le hubiera cedido su boca y su cuerpo. En aquel momento, solo consiguió lanzar una risa nerviosa.

–Daniel, es pleno día.

–Como quieras. Al fin y al cabo, he esperado tanto, que unas horas más no van a hacerme ningún daño. Voy a decirle a la señora Jackson que nos preparé el té y luego desharé el equipaje.

Una vez sola, Laine se quedó mirando la cama como hizpnotizada, la cama en la que Daniel cumpliría con su deber de esposo, probablemente con habilidad y alegría, ya que era un hombre, y ella era algo nuevo y disponible. Y sabía que, para los hombres, el amor y el sexo no formaban parte de la misma ecuación. Para Daniel, no sería más que un reflejo condicionado, pensó con un escalofrío.

«No puedo dejar que me toque ni tocarlo..., si no, estaré perdida para siempre, seré una marioneta que solo existiré en función de la amabilidad que decida mostrarme, y tendré que fingir que nuestro matrimonio es real, la unión de dos almas y dos cuerpos».

Deshizo el equipaje y escondió la carta. No tenía que volver a leerla: se la sabía de memoria. Bajó y se tomó el té en el salón, mientras Daniel leía las páginas de economía del periódico. Después, salió a dar un paseo sola por el jardín, ya que él no había querido acompañarla, y lo prolongó deliberadamente, deteniéndose a examinar cada planta. Vio dónde estaba la piscina, oculta entre altos muros. Era un lugar acogedor y protegido, y el sol estaba todavía lo suficientemente alto como para que la idea de bañarse le resultara atractiva. También pensó que, si aquella luna de miel fuera de verdad, Daniel y ella hubiesen descubierto la piscina juntos, y él le hubiera desabrochado rápidamente los botones del vestido, riéndose ante sus protestas, y el traje de baño hubiera sido superfluo para ambos. Se dio la vuelta mientras ahogaba un suspiro.

–La señora Jackson ha propuesto que cenemos a las ocho –dijo Daniel cuando ella volvió a la casa–. ¿Coincide con tus planes?

–No tengo planes –lo miró desconcertada–. ¿Hay que vestirse para cenar?

–¿No te parece demasiado formal solo para nosotros dos?

–Sí, claro, no lo había pensado.

Laine tenía hambre, pero tuvo que obligarse a ingerir la deliciosa comida que la señora Jackson les había preparado. La cena transcurrió prácticamente en silencio, aunque Laine se esforzó en hablar cuando los Jackson entraban. Pero era simplemente por decir algo, y Daniel se había dado cuenta, a juzgar por su expresión sardónica. Les sirvieron el café en el salón. Laine rechazó el coñac que le ofrecían.

–¿Quieres que pongamos música? –le preguntó Daniel cuando volvieron a estar solos.

–Gracias, pero estoy cansada. Voy a subir, si no te importa.

–¿Por qué iba a importarme? –le sonrió–. Es una idea muy recomendable. Pero creo que me quedaré un rato aquí, a terminarme la copa y a escuchar algo de música. ¿Qué pongo, Laine? ¿Una sonata o una sinfonía completa?

—No sé —ella vaciló desde la puerta—. Lo que quieras.

—¿Lo que quiera? —le lanzó una mirada reflexiva—. Lo dudo.

Mientras subía la escalera, Laine oyó los primeros acordes del concierto para violonchelo de Elgar. Era uno de sus preferidos, y debería estar escuchándolo acurrucada en sus brazos y bebiendo coñac de su copa, en vez de irse sola a su habitación.

Siguió el ritual de preparación como si fuera una recién casada de verdad: se bañó, se dio crema en el cuerpo, se puso perfume en las muñecas, el cuello y entre los senos, se cepilló el pelo y se puso el finísimo camisón. Luego se sentó en el borde de la cama, con la lamparilla encendida, y esperó a que se consumara su matrimonio.

Cuando lo oyó subir, se le hizo un nudo en la garganta, pero él fue a la otra habitación. Pasaron veinte minutos hasta que la puerta se abrió y se miraron, como marido y mujer, en la habitación en sombras.

Daniel cerró la puerta y se apoyó en ella sin decir nada. Estaba descalzo y solo llevaba puesto un albornoz. Por un momento, todo lo que ella había sentido por él estalló en su conciencia, y lo deseó con tanta intensidad, que casi se echó atrás sobre la decisión que había tomado.

—Estás preciosa —dijo en voz baja, y dio un paso hacia ella.

—No —dijo ella inmediatamente mientras alzaba una mano para detenerlo—. No te me acerques.

—Ah —exclamó él, casi con resignación—. Cariño, resulta evidente desde que hemos llegado que tienes problemas para acostarte conmigo. Pero te aseguro que mantenerme a distancia no va a solucionar nada.

—No se trata solo de acostarme contigo —dijo atropelladamente—. Es mucho más que eso. He cometido un terrible error.

–¿Qué error? –la miró fijamente–. ¿De qué demonios hablas?

–Casarme contigo. No tenía que haberlo hecho. Pero estaba desesperada. Y todo pasó tan deprisa, que no tuve tiempo de reflexionar sobre lo que iba a hacer. Me presionaste –dijo con furia–. Pero en cuanto estuve a solas contigo, me di cuenta de lo que significaría la luna de miel y supe que no podría hacerlo, que no podría ser tu esposa. Nunca. Me preguntaste si me gustabas lo suficiente como para casarme contigo. Pues no es así, pero no me había dado cuenta. Lo siento, lo siento mucho –se le quebró la voz y apartó la mirada para no ver su rostro desolado, y escuchó el profundo silencio que se produjo.

–No me parece que sentirlo sirva de mucho –dijo él, por fin, en voz baja–. Laine, escúchame, cariño, por favor. Siempre he temido que fuera demasiado pronto para que se produjera este grado de intimidad entre nosotros y creo que tendría que haberte dado más tiempo. Pero no debes estar nerviosa por compartir la cama conmigo –añadió con voz ronca–. Seré paciente, y te prometo, por lo más sagrado, que esperaré todo el tiempo que haga falta hasta que estés dispuesta a entregarte a mí. E iré con mucho cuidado –dio otro paso hacia ella–. Pero confía en mí, cielo, y no me rechaces. Déjame quedarme contigo, aunque solo nos abracemos. Me contentaré con eso, te lo juro. No te pediré nada más.

–No –se levantó temblando–. No puedo.

–¡Por Dios, Laine! ¡Es nuestra noche de bodas! ¿Quieres que te lo pida de rodillas?

–No –repitió ella, casi con violencia–. No me estás escuchando. Y debes hacerlo. Tienes que entender que no soporto que me toques ni que estés cerca de mí, que me asquea la idea de dejar que me hagas las cosas que quieres y que preferiría morirme a acostarme contigo.

Porque esto se ha acabado, ¿me oyes? No debería estar
aquí ni haber hecho esta cosa horrible –alzó la voz con
violencia–. Y tienes que dejar que me vaya. Deja que
me vaya –se calló y, en medio de la desesperación que
sentía, vio que la ira endurecía el rostro de Daniel, y
oyó su voz amarga y desencantada.

–No te preocupes. Eres una tramposa y una mentirosa. Claro que dejo que te vayas, porque no me ensu-
ciaría las manos contigo aunque te arrastraras de rodillas ante mí.

Y se marchó. Ella volvió a sentarse, hundida, en el
lecho matrimonial, con la garganta seca, las manos sobre los ojos que le ardían y sintiéndose tan desgraciada,
que ni siquiera podía llorar.

Capítulo 8

MIENTRAS Daniel le rogaba, no le había dicho ni una sola vez que la quería. Lo pensó entonces, durante las largas horas de insomnio. Lo recordaba en aquel momento, dos años después. ¿No bastaba eso para justificar la postura que había adoptado, la necesidad de no ser una obligación que él había adquirido, de no ser una «carga», esa palabra vergonzante e insoportable que todavía la hería en lo más hondo?

Tampoco había hablado de pasión; se había mostrado contenido y considerado, como durante todo su compromiso. Era indudable que el deseo real no podía suprimirse con tanta facilidad. Y tampoco había tratado de que cambiara de opinión por medios físicos. No se había aproximado a ella ni la había tomado en sus brazos, le gustara o no, ni la había besado hasta someterla para arrojarla después sobre la cama y quitarle el camisón del modo en que ella había planeado, antes de que él... ¿qué? Lamentablemente solo lo sabía en teoría, pero estaba totalmente segura de que decirle que la adoraba y que no podía vivir sin ella estaba incluido. Si en realidad la hubiera deseado, era indudable que lo habría intentado.

Se dio la vuelta en la cama y hundió la cara en la almohada. Tenía veinte años, pensó desdeñándose a sí misma, y seguía siendo virgen, un anacronismo andante sin tentaciones de dejar de serlo, mientras el único hombre al que había deseado continuaba disfrutando de su soltería con una amplia selección de señoritas. ¿No era ese el motivo de haberse marchado a Florida: «ojos que no ven, corazón que no siente»? Pero no había servido de nada. Lo único que le cabía esperar era no estar destinada a ser mujer de un solo hombre, incapaz de empezar una nueva vida y de eliminar la pesadilla de soledad y deseo que la perseguía desde aquella noche.

Esa noche había acabado por dormirse casi al amanecer, agotada física y mentalmente. Se había despertado cuando el sol entraba a raudales en la habitación y alguien llamaba a la puerta. Con el estómago encogido de aprensión, se había incorporado en la cama.

—Buenos días, señora —la señora Jackson había entrado con una bandeja—. Aquí tiene el té. Y el señor Flynn quiere saber si desayunará con él a las nueve y media —su plácida expresión no delataba curiosidad alguna ante aquellos raros recién casados.

Estaba muy pálida cuando bajó. Temía ser objeto de su ira y de su amargura. Pero él estaba sentado a la mesa y bebía tranquilamente café. Se levantó caballerosamente cuando la vio. Su rostro carecía de expresión.

—Buenos días —un saludo frío y formal—. Hay tostadas, pero si prefieres algo caliente, toca la campanilla.

—Tomaré tostadas —se sentó frente a él.

—Entonces no nos molestarán —hizo una pausa—. He pensado que lo mejor será que nos quedemos aquí las dos semanas que habíamos planeado.

—¿Es necesario? —Laine no pudo ocultar su consternación.

—Si no lo hiciéramos, se producirían comentarios y especulaciones, cosa que ninguno de los dos deseamos. Pero seguiremos viviendo separados. Y no temas que vuelva a entrar en tu habitación —se sirvió más café—. En cuanto al desgraciado «error» de casarte conmigo, es algo que tiene fácil solución. Cuenta a tu familia y amigos la historia que se te ocurra, pero anularemos discretamente el matrimonio por no haberse consumado. Mis abogados se pondrán en contacto con los tuyos.

—Borrón y cuenta nueva —observó ella con voz ronca.

—Así es. Mientras tanto te libraré de mi presencia en la medida de lo posible, aunque tendremos que cenar juntos. Esta zona es muy bonita —continuó—. Y esperaba visitarla mientras estuviéramos aquí. Lo haré, pero solo, naturalmente. Tú, cariño, tendrás que entretenerte como puedas —se recostó en la silla y la miró con insolencia—. No es el idilio que había planeado, explorar el paisaje de día y explorarnos el uno al otro de noche, pero no se puede tener todo.

—Daniel, por favor, no...

—No, ¿qué? ¿Que no te moleste haciendo referencia a mis previas intenciones carnales? —el tono de su voz era cortante como un bisturí.

—La puerta de mi habitación no tiene llave. Quiero una.

—Mi habitación, en cambio, sí tiene, y anoche la usé.

—¿Por qué? —preguntó con los ojos muy abiertos.

—Porque a veces tengo un carácter terrible —replicó brutalmente—. Y estuve tentado de volver a tu habitación y tratarte de un modo que habría lamentado toda la vida. Pero ya se me ha pasado —echó la silla hacia atrás, se levantó y se fue.

Fueron catorce días y catorce noches de dolor sin posibilidad de alivio, al menos para ella. La última noche volvieron a hablar.

—Tenemos que considerar lo que vamos a hacer cuando volvamos mañana a Londres —le dijo Daniel cuando ella se iba a acostar—. Tu casa estará ya vacía y

tu madre se habrá ido a España, así que te sugiero que
te quedes en mi apartamento de momento, yo me mu-
daré.

–No –respondió ella–. No podría vivir allí –tragó
saliva al recordar su visita y cómo se había imaginado
la vida juntos–. Además, tengo adonde ir. Jamie se va a
mudar al piso de Simon, la mitad del cual me pertene-
ce. Me iré a vivir con él.

–Muy bien. Tienes que darme la dirección exacta
para enviarte tus cosas. Te seguiré pagando, claro está,
la misma cantidad que antes de casarnos, que aumenta-
ré cuando se anule el matrimonio. No quiero que sufras
simplemente porque no te gusto.

–No aceptaré ni un penique tuyo –le espetó airada–.
No quiero nada de ti. Buscaré trabajo –inspiró profundamente–. Ah, antes de que se me olvide –se quitó el
anillo de boda y el de compromiso y se los tendió–.
Son tuyos.

–Me parece que no –no intentó agarrarlos–. Quéda-
telos. O véndelos o tíralos, lo que desees. Porque no
quiero volver a verlos.

Al final, Laine no fue capaz de deshacerse de ellos,
así que los guardó en el banco con el collar de perlas de
su abuela. Allí seguían. Y él le volvió a ofrecer dinero a
pesar de lo que le había dicho. Fue una dura batalla,
pero al final Daniel tuvo que aceptar una negativa por
segunda vez.

Sin embargo, para ella, aceptar que su matrimonio
había concluido había sido más sencillo de lo que había
creído, sobre todo porque muy poca gente sabía que se
habían casado. Y no le había dicho a nadie lo que había
pasado, ni siquiera a Celia cuando, en su compañía, al
fin se había derrumbado y echado a llorar inconsolable-
mente con la cabeza sobre el regazo de su amiga. Y, sobre todo, no se lo había dicho a Jamie, que creía que
ella era la única culpable.

–Pero ¿qué ha pasado? –le preguntó–. ¿Te has enterado de que sigue teniendo una amante?

–No –le contestó–. ¿La tiene? –añadió con una dolorosa falta de precaución.

–¿Cómo quieres que lo sepa? Daniel es muy reservado sobre sus cosas, o lo era hasta hace poco. Ahora parece que vive deprisa para que todos lo vean. Pero a ti te ha devuelto sin estrenar. Así que ¿qué te importa lo que haga?

«Pero me importaba», pensó Laine estremeciéndose. «Por eso pasó lo de Andy».

Como Daniel había salido, no había motivo alguno para seguir escondida en su habitación. Podía hacer lo que quisiera, hasta dar volteretas desnuda si le apetecía. O bien acabar el pollo de la noche anterior y ver la televisión. Optó por esto, por si Daniel volvía pronto. Pero acabó tirando la mayor parte de la comida a la basura, porque había desayunado tanto, que no tenía apetito. Se preparó un café y se sentó a ver una película romántica en blanco y negro que le encantaba. Pero fue incapaz de concentrarse en ella.

«Ya estás otra vez», se dijo burlándose de sí misma. «Vuelves a preguntarte dónde estará y a esperar que regrese. Y esto tiene que acabarse. Estás perdiendo el tiempo. No te quería entonces ni te quiere ahora. Así que deja de creer en los finales felices».

Apagó la televisión, recogió todo lo que había usado y dejó la casa inmaculada, como si tratara de borrar las huellas de su presencia, pensando que las cosas volvían a ser como en la luna de miel: Daniel hacía lo que quería y ella trataba de pasar inadvertida para no molestarlo. También ocupaban habitaciones distintas, como entonces, y el espacio que las separaba era infranqueable.

«La pregunta que no dejo de hacerme es si actuaría igual si pudiera volver a la noche de bodas, si rompería

la carta y me conformaría con la situación porque preferiría ser desgraciada con él que sola. Si me hubiera convertido en su esposa de verdad, ¿habría conseguido que
me amara, que me considerara su mujer, su igual, en
vez de la hermana menor de Simon, demasiado joven y
estúpida para dirigir su propia vida? ¿Me habría contado sus problemas o recurrido a mí en busca de consue-
lo? Sentí una terrible tentación de ir a su encuentro
aquella noche y pedirle que me perdonara. Incluso llegué hasta la mitad del pasillo, pero no me atrevía a llamar a la puerta. Y cuando, a la mañana siguiente, supe
que la había cerrado con llave, me alegré de no haberlo
hecho, porque no hubiera podido resistir otra humillación. Y aquí estamos, juntos de nuevo y sin respiro alguno salvo el olvido que proporciona el sueño».

Entró en su habitación. No estaba especialmente cansada, pero se durmió en cuanto se acostó. Soñó que volvía
a estar en el barco, parapetada tras la puerta del camarote
porque Andy pretendía entrar. Pero, al abrirse la puerta,
era Dirk Clemmens quien entraba, sonriendo y lamiéndo-
se los labios, y la agarraba con sus manos repulsivas y la
atraía hacia sí. Ella se resistía, pero él tenía mucha fuerza.
Gritaba sin parar, aunque sabía que nadie vendría a salvar-
la. Dirk le decía que se callara, que se despertara. Pero ella
seguía luchando y gritando hasta que abrió los ojos y vio
que no había ningún barco, que estaba en su habitación,
con la lámpara encendida, y que no era Dirk Clemmens
quién la había agarrado y le decía que se callara, sino Daniel, arrodillado al lado de la cama.

—¡Eres tú! —exclamó con voz ronca—. ¿Qué haces
aquí?

—Tratar de que no despiertes a todo el edificio para
que los vecinos no llamen a la policía y me arresten por
violación y asesinato —llevaba puesta la bata de seda
azul, estaba despeinado y tenía cara de sueño y de mal
humor a partes iguales.

–Lo siento –murmuró–. He tenido una pesadilla.

–Ya me he dado cuenta –la soltó y se sentó en el borde de la cama–. Espero que no sea de las recurrentes y tenga que comprarme tapones para los oídos.

–No tiene gracia –se le quebró la voz y se dio cuenta de que estaba a punto de echarse a llorar–. Ha sido terrible, y estaba muy asustada. Creía que venía a por mí.

–¿Quién?

–Un malvado que se llama Dirk Clemmens –dijo estremeciéndose–. Un cliente odioso a quien Andy vendió el barco, conmigo incluida, como si formara parte del mobiliario –tragó saliva–. Así me torcí el tobillo, al huir de él. Supongo que, inconscientemente, sigo teniendo miedo de que me encuentre y me obligue a hacer lo que quería.

–¿Que Andy te vendió? –Daniel alzó las cejas–. Me parece que la esclavitud se abolió hace tiempo, aunque no la del tipo que él tenía en mente –apretó la boca–. ¿Cómo pudo vender el barco sin tu consentimiento?

–No lo sé. Creo que mi nombre no figuraba correctamente en los documentos. Tenía que haberme asegurado de que todo era correcto, pero no lo hice porque quería marcharme de Inglaterra lo antes posible –se le empañaron los ojos–. Quizá Simon estaba en lo cierto, quizá soy incapaz de arreglármelas sola –se detuvo jadeante, al percatarse de lo que había dicho, de que casi había reconocido que sabía el trato al que habían llegado Daniel y su hermano.

Por otro lado, Daniel no tendría dificultad alguna en figurarse por qué había querido marcharse tan deprisa del país. Pero en vez de sumar dos y dos y hallar la respuesta correcta, parecía distraído.

–Pero el tal Andy era tu amante. ¿Qué pasó? ¿Os peleasteis?

–No –respondió Laine sin dar explicaciones, porque pensó que era mejor que creyera que estaba liada con

Andy a que supiera la verdad: que él era el único hombre al que había amado y deseado. No podía enterarse nunca porque no quería que la volviera a compadecer–. Creo que estábamos al borde de la separación –añadió–. Pero, para mi desgracia, él se dio cuenta antes que yo. Un día volví al barco y Andy se había marchado, dejando a Clemmens en su lugar a esperarme –trató de hablar con ligereza, pero volvió a experimentar el horror del sueño y se echó a llorar.

Daniel masculló algo, se tumbó a su lado y la abrazó. Laine oyó su voz tratando de calmarla y sintió que su mano le acariciaba el pelo.

–No pasa nada. Ese hombre no está aquí. No tienes nada que temer.

Pero Laine sabía que no solo lloraba por la pesadilla, sino por el erial en que se había convertido su vida, por el momento en que su sueño de felicidad se había evaporado y por la soledad en que había vivido desde entonces. Y se aferró a él y aspiró el aroma de su piel con avidez. Lentamente se fue calmando, y se dio cuenta de que su mano estaba entrelazada con la de él.

–Lo siento –murmuró mientras alzaba la cabeza y lo miraba con los ojos húmedos.

–No tienes que sentirlo. Dicen que llorar sirve para desahogarse –le dijo al tiempo que le pasaba unos pañuelos de papel de la caja que había en la mesilla.

–Siempre me he preguntado quién lo dice –Laine comenzó a secarse la cara. De pronto, se dio cuenta de que debía estar horrible, con la nariz roja y el pelo pegado a la cara mojada por las lágrimas. Ni siquiera era bonito el camisón de rayas que llevaba puesto.

–Quién sabe –se incorporó lentamente–. Ahora trata de dormir.

–No quiero cerrar los ojos –seguía aferrada a su mano–. Sé que me estoy comportando como una niña, pero tengo miedo de que me esté esperando.

–No temas, estás a salvo.

–Haz que me sienta a salvo –le rogó temblorosa–. Quédate conmigo. No te vayas.

–No es pedir demasiado –le dijo en voz baja y amarga.

Se tumbó encima de la colcha, la atrajo hacia sí y le apoyó la cabeza en su pecho. Ella suspiró contenta y sintió que los párpados le pesaban tanto, que apenas podía mantener los ojos abiertos. Pero sabía que él seguía estando muy lejos, cuando lo que ella necesitaba era que cayeran todas las barreras que había entre ellos.

–¿No quieres...? –le pregunto en voz baja.

–Quiero que te duermas y que no sueñes. Calla.

Y ella suspiró sonriendo y se hundió en la oscuridad, acunada por los latidos del corazón de Daniel bajo su mejilla.

Se despertó temprano, con la sensación de haber descansado por primera vez desde su regreso. Luego recordó lo que había sucedido la noche anterior y pensó, horrorizada, que no podía ser verdad que hubiera llorado en su presencia ni que le hubiera pedido que durmiera con ella, que la única explicación era que lo había soñado. Pero la prueba irrefutable de la huella de su cabeza en la otra almohada, donde aún detectaba el olor de su colonia, la convenció de que Daniel había pasado parte de la noche en su cama, aunque no dentro de ella.

«¿Qué he hecho ?», se preguntó. «Soy idiota. ¿Qué le voy a decir cuando lo vea? Podría tratar de decirle la verdad: que por un momento me olvidé de todo menos de la necesidad de estar en sus brazos, que, claramente, no es recíproca, ya que es evidente que ya no le resulto deseable. Quizá lo mejor sea mostrarme arrepentida por haberle molestado y prometerle que, si tengo más pesadillas, meteré la cabeza debajo de la almohada.

Después de ducharse y vestirse, salió de la habitación. Oyó ruidos procedentes del dormitorio de Daniel y se dirigió a la cocina. Cuando, por fin, él entró, le dirigió una sonrisa radiante.

–Hola, te he preparado el desayuno.

–Me parece que teníamos unas normas al respecto – dijo él sin devolverle la sonrisa.

–Sí, pero es una manera de agradecerte tu amabilidad de anoche.

–Sí, me comporté como un santo –dijo con sorna–. Y si esperas que te diga que puedes recurrir a mí si vuelves a necesitarme, olvídalo.

–No resulta fácil darte las gracias.

–No quiero que resulte fácil, sino que sea innecesario –al ver la mirada de incomprensión de ella, prosiguió–. Anoche tentaste la suerte hasta el límite. Pero si vuelves a usar un truco semejante, no saldrás tan bien librada.

–No fue un truco –observó Laine en voz baja–. De verdad.

–¿Me estás diciendo que lo normal cuando tienes una pesadilla es pedir al hombre más próximo que duerma contigo sin ofrecerle nada a cambio ? –preguntó con desprecio.

–Nunca me había pasado.

–Y te recomiendo que no te vuelva a pasar –se acercó a ella y le alzó la barbilla para que lo mirara–. A ver si lo entiendes: no soy tu hermano, ni tu tutor, ni tu padre. Y cuando una mujer me pide que me acueste con ella, espero que haya sexo, no que me traten como si fuera un eunuco.

–Siento haber insultado tu virilidad –le dijo con voz ronca al tiempo que apartaba la barbilla–. No era mi intención. Pero recuerda que una vez me dijiste que te contentarías con abrazarme.

–Lo recuerdo muy bien. Era mi noche de bodas y

creía haberme casado con una joven nerviosa e inocente. Pero eso ya no cuenta. Entonces pensé que cierta comprensión por mi parte sería recompensada, que antes de que acabara la luna de miel me pertenecerías por completo.

–¡Vaya! –exclamó ella–. Cuánto puede uno llegar a equivocarse.

–Contigo, el margen de error es infinito. Y se me ocurre que, dado lo despreocupado de tu actitud a la hora de acostarse, tal vez tu amigo pensara que estaba justificado cederte al tal Clemmens.

–¿Cómo te atreves? –había palidecido–. ¡No sabes nada! ¡Me iba a violar!

–¿Por qué no le dijiste que preferirías la muerte antes que dejar que te tocara? La última vez que te viste en una situación similar te dio muy buen resultado.

Laine gritó y trató de abofetearlo, pero él le agarró la muñeca antes de que pudiera hacerlo.

–No –le dijo en tono sardónico–. Ni se te ocurra –hizo una pausa y prosiguió de mala gana–. Pero no debería haberlo dicho. Lo siento.

La soltó y ella se quedó mirando las marcas de sus dedos en la muñeca, al tiempo que trataba de controlar la respiración.

–Daniel, sobre lo de anoche –dijo finalmente–, no tengo excusa salvo que antes eras muy amable conmigo, y de pronto necesité que alguien lo fuera.

–No es difícil ser amable con una niña solitaria. Sobre todo cuando uno ha pasado por la misma situación. Pero ya no eres una niña. Hace tiempo que te convertiste en una mujer. Para ser exactos, la noche de tu decimoséptimo cumpleaños. Lo sé porque estaba allí cuando ocurrió.

Se dio la vuelta y se marchó mientras ella lo miraba boquiabierta por la sorpresa.

Capítulo 9

A PESAR de que no era el trabajo que hubiera elegido de haber podido, Laine se alegró de empezar a trabajar el lunes siguiente. Denise, su compañera, era una mujer bastante mayor que ella. Mientras iban en autobús hacia el edificio donde tenían que limpiar, le dio detallada cuenta de todas las enfermedades que padecía.

–Supongo que los fines de semana irás a la discoteca, como todos los jóvenes. Pero te aconsejo que te quedes en casa y descanses, como yo, si quieres estar en forma los lunes –le dijo.

Laine pensó con amargura que había pasado el fin de semana sola. Daniel le había dejado un recado en el contestador telefónico en el que le decía que volvería el domingo por la noche. Se preguntó si ya había planeado marcharse antes de lo sucedido la noche anterior. Lo único de lo que estaba segura era de que el piso estaba muerto sin él. Su soledad solo se había visto interrumpida por una llamada de Jamie para hablar con Daniel.

Había tenido la precaución de acostarse y dormirse antes de que Daniel regresara y de salir por la mañana antes de que se despertara. Esperaba que el trabajo le diera algo más en qué pensar.

–El lunes es el peor día –continuó Denise– porque la gente ha estado en su casa dos días seguidos y lo ha dejado todo revuelto.

Laine pensó que la mayor parte de los inquilinos eran muy ordenados y que Denise tenía que haber visto cómo dejaban las habitaciones su madre o algunos de los clientes del barco. Además, los pisos no presentaban problemas, ya que los habían reformado recientemente con materiales de excelente calidad.

–Creía que serías demasiado señorita para trabajar, pero debo reconocer que lo haces bien –le dijo Denise mientras se tomaban un sándwich a mediodía–. ¿Dónde has aprendido?

–He hecho un curso intensivo –respondió Laine mientras le dedicaba un beso a la señora Evershott–. Y los pisos son fáciles de limpiar.

–Cuando comencé en este trabajo, limpiaba unos pisos, cerca de aquí, que eran lujosos de verdad, como palacios... y enormes –dijo Denise.

«Ya lo sé», pensó Laine. «Iba a vivir en uno así con el hombre al que amaba».

Al final del día estaba agotada. Cenó las sobras del día anterior. Pasaban las horas y Daniel no daba señales de vida. Si aquella iba a ser la rutina habitual, más le valía acostumbrarse. A fin de cuentas, la única culpable era ella. Sin embargo, no dejaba de darle vueltas a lo último que le había dicho él. ¿Cuánto había revelado de sus sentimientos en aquellos segundos delirantes cuando tenía diecisiete años? Probablemente lo suficiente como para indicar que estaba dispuesta a entregarse a Daniel si la deseaba. Por eso, cuando lo rechazó tajantemente debió de sentirse doblemente sorprendido, aunque el simple hecho de rechazarlo ya debía de haber sido una nueva experiencia para él.

Se preguntó por qué Candida había tardado tanto en enseñarle la carta, por qué no lo había hecho en cuanto Daniel le propuso matrimonio, o antes de la boda, cuando el daño hubiera sido mucho menor. Aunque a ella, de todas maneras, se le hubiera partido el corazón, Daniel solo se habría sentido herido en su orgullo, y no seguiría enfadado y resentido.

«Pero yo también tengo motivos para estarlo, así que ¿por qué no siento más que remordimientos que van más allá de las lágrimas?

Pasaron los días, y el trabajo se convirtió en una rutina sencilla. No así la vida doméstica, ya que Daniel pasaba cada vez menos tiempo en el piso. Cuando se veían, el se mostraba educado y distante. Laine hubiera preferido que se volviera a enfadar, porque así estaría segura de que la veía. Suponía que se mudaría pronto y que no lo volvería a ver. Y tal vez, con el tiempo, dejaría de pensar en él y de desearlo.

La señora Archer iba a limpiar todos los días, por lo que Laine no tenía que hacerlo al volver.

–Podías haberme consultado sobre el horario de la señora Archer –le dijo una noche–. Es un gasto a medias y no puedo permitirme pagar más por sus servicios.

–No tienes que hacerlo. Viene porque yo quiero, para cambiarme las sábanas y las toallas todos los días, uno de los últimos lujos que quedan en la vida. ¿Por qué no voy a darme el gusto?

–Tienes suerte de poder comprar siempre todo lo que quieres –observó Laine.

–Todo no, recuérdalo –hizo una pausa–. Tal vez no fueras la única que cometió un error hace dos años. Quizá también yo me equivoqué –dijo con voz dura y desdeñosa–. ¿No te ofrecí un precio bastante alto por tus favores? Tendrías que habérmelo dicho y hubiéramos negociado.

Laine ahogó un grito de dolor. Alzó la barbilla y lo miró sin pestañear.

–Olvidas –le dijo sin alzar la voz– que rechacé todo lo que me ofreciste. No se trataba de dinero.

–Entonces ¿de qué? ¿Qué fue lo que te hizo cambiar? Porque hubo algo. ¿O creías que se me había olvidado de que un día te arrojaste a mis brazos, de cómo temblaba tu cuerpo contra el mío, del sabor de tus labios? ¡Me deseabas, maldita sea!

–Sí –replicó desafiante pero temblando por dentro–. Lo reconozco. Me tentaste... una vez. Eras el hombre más sexy que conocía. El sueño de toda adolescente. Pero los sueños no duran y, por suerte, me desperté justo a tiempo, sin que se hubiera producido daño alguno.

–Qué interesante que creas eso –y salió de la habitación dando un portazo.

–¿Qué sucede? –preguntó Laine–. ¿Por qué no podemos pasar?

Iba a trabajar con Denise, y se habían encontrado con la calle acordonada y llena de coches de policía.

–No dicen lo que pasa –Denise había ido a preguntar y volvió jadeante de excitación–. Solo que ha habido un accidente y que no se abrirá la calle hasta esta tarde, que no nos quedemos esperando. Voy a llamar a la oficina para dar las malas noticias. Tenemos la mañana libre, así que disfrútala.

Laine volvió a casa pensando que lo que menos necesitaba eran más horas de ocio, que prefería trabajar todo el día, volver exhausta y dormirse inmediatamente para no pensar. La noche anterior no había dormido bien. La habían despertado unas voces en la calle y luego había estado inquieta. Cuando se levantó, Daniel ya se había ido, como era habitual, pero, contra su costumbre, había dejado algo desordenado el salón. Laine pensó que lo recogería la señora Archer, porque ella no tenía tiempo. Y en aquellos momentos, le sobraba.

Cuando abrió la puerta del piso, oyó ruido en la cocina. Se detuvo sorprendida, porque era demasiado temprano para la señora Archer. De la cocina no salió una mujer de mediana edad, sino una chica de melena rubia que llevaba puesta únicamente una camisa de Daniel. Tenía los ojos azules, los labios gruesos y unas piernas interminables. También se detuvo al ver a Laine en uniforme de trabajo.

–¿Eres la asistenta? Daniel no me dijo que vendrías.

«Tampoco dijo que estarías aquí», pensó Laine. Se sintió enferma al mirar los cojines descolocados del sofá. «Las voces de anoche no venían de la calle, sino de aquí. Menos mal que no me levanté a investigar, porque quién sabe con lo que me hubiera encontrado».

–Vivo aquí –consiguió articular–. Trabajo en una empresa de limpieza.

–Entiendo –dijo la chica con una sonrisa encantadora–. No, francamente, no lo entiendo. ¿Que Daniel comparte piso? Increíble. Y un piso como éste, además –se interrumpió al tiempo que se sonrojaba un poco–. Lo siento. He sido una grosera. Pero es que no es el territorio de Daniel.

–Estoy de acuerdo. También a mí me lo parece, pero yo no estaba cuando mi hermano y él hicieron un trato. Quizá no te haya dicho que es... un antiguo amigo de la familia y que se trata de un arreglo temporal, hasta que acabe de reformar su casa. Supongo que sabes que se ha comprado una casa.

–No me lo menciones, por favor –la chica gimió con gesto cómico–. Mañana, tarde y noche, lo único que oigo son quejas sobre los constructores, los retrasos, los materiales... Imagino que tú también estarás harta.

–Solo vivimos bajo el mismo techo. No me hace confidencias.

«Y tampoco sé nada de ti, salvo que eres el mismo

modelo puesto al día, como su coche. Pero ¿por qué iba a saberlo? Lo único sorprendente es que no haya pasado antes. Al fin y al cabo, Daniel no tiene motivos para tener en cuenta mis sentimientos, aunque supiera que existen.

−Soy Belinda −dijo la chica−. Y me he metido en un lío, porque le prometí a Daniel que me marcharía enseguida. Pero me quedé dormida −se encogió de hombros con expresión cómplice−. Ya sabes cómo son esas cosas.

«No», contestó Laine en silencio, retorciéndose de dolor, «no lo sé, nunca lo he sabido».

−Quería tomarme una infusión antes de ducharme −continuó Belinda.

−Hay manzanilla en el armario a la derecha de la cocina.

−Estupendo. ¿Quieres una también...?

−Me llamo Laine Sinclair −se obligó a sonreír−. Y no quiero una infusión, gracias.

−De acuerdo. Hasta luego −y se metió en la cocina.

En su habitación, Laine se quitó el uniforme como una autómata, se puso la bata y se tumbó en la cama temblando. «No puedo seguir así. No aguanto más», pensó. «Una cosa es saberlo y otra darse de bruces con ello. Y Belinda parece muy simpática. En otras circunstancias hasta me hubiera gustado y hubiera querido conocerla. Ahora...».

Se dio la vuelta y hundió la cara en la almohada. Y cuando, poco después, Belinda llamó a la puerta para decirle que se iba, Laine no contestó.

A media tarde, Denise y ella estaban de vuelta en los pisos para recuperar el tiempo perdido.

−Tendremos que salir más tarde. Mi marido se pondrá hecho un basilisco. Siempre espera que esté en casa cuando llega. ¿A ti te espera alguien?

–Nadie.

Pero esa vez se equivocaba, porque cuando volvió, pasadas las nueve y media de la noche, Daniel estaba allí, yendo de un lado para otro con cara de pocos amigos.

–¿Dónde demonios has estado? –estaba descalzo, con la camisa negra por fuera de los vaqueros.

Laine pensó que estaba muy atractivo y se preguntó si Belinda habría vuelto. Parecía que en aquel momento no estaba en el piso, y se despreció por el alivio que experimentó.

–¿Has visto esto? –preguntó Daniel mientras le mostraba el periódico y le leía un titular–. «Tiroteo en Kensington: un traficante de drogas muerto». Es donde trabajas. Te podía haber pillado en medio. Estaba muerto de preocupación.

–Pues no te preocupes. Ya había pasado cuando llegué, pero tuvimos que empezar más tarde a trabajar y, por lo tanto, también hemos salido más tarde. Y, en cualquier caso, no es asunto tuyo.

–No seas estúpida –le gritó–. Es lógico que me preocupe.

–No –respondió ella con fiereza–. No tienes obligación alguna hacia mí, lo decidí hace tiempo.

–¿De qué hablas ?

–De nada –se maldijo en silencio porque se había ido de la lengua por el cansancio–. Tú mismo lo has dicho: no eres mi hermano ni un pariente. Recuérdalo y déjame en paz –se mordió los labios–. Además, he tenido un día terrible, así que lo único que me falta es que alguien me grite. Quiero darme un baño y acostarme, si no te parece mal.

–¿Has cenado? –preguntó él tras un tenso silencio.

–No –reconoció de mala gana.

–Pues ve a bañarte y te prepararé la cena.

–Ten cuidado –dijo ella mirando la alfombra–. Eso sería volver a ser amable.

–Me arriesgaré. Venga, vete antes de que me vuelva a poner a gritar.

–¿Cómo sabías dónde trabajo? –se le ocurrió de pronto mientras se dirigía a la habitación.

–Te escribí una carta de recomendación, y era lógico averiguar qué tipo de empresa era.

–¿La escribiste tú mismo? –lo miró fijamente.

–¿No fue eso lo que me pediste?

–Sí –pero había supuesto que lo haría su secretaria, como él le había dicho.

–Bueno, vete ya a no ser que quieras que te prepare yo el baño y te meta en la bañera.

Laine entró en su habitación como un rayo y cerró la puerta con fuerza. Pensó, desconcertada, que Daniel había pasado del mal humor a la provocación. ¿Cuál sería su siguiente estado de ánimo? Se dijo que no era para tanto. Se desnudó y fue al cuarto de baño. Se metió en la bañera con un suspiro de placer y cerró los ojos, aunque se daba cuenta de que estaba muy lejos de poder relajarse. Había estado pensando en él todo el día, se lo había imaginado haciendo el amor con Belinda mientras pasaba la aspiradora o quitaba el polvo, y se sentía muy avergonzada y desgraciada. Pero todo lo que había habido entre Daniel y ella había ocurrido en el pasado, no en el presente, y ciertamente no en el futuro.

Se hundió un poco más en el agua y se puso a pensar, sin querer, en Belinda, la hermosa rubia llena de curvas. Y luego miró su cuerpo. Estaba más que delgada: podía contarse las costillas. Los senos eran bonitos pero pequeños, y le sobresalían demasiado los huesos de las caderas. No era de extrañar que Daniel la hubiera considerado una niña con la que había que ser amable y paciente. Pero eso no era suficiente. No lo había sido en el pasado ni lo era en aquel momento.

Vivir con él pero no juntos; amarlo pero verse obligada a ocultarlo; aceptar la soledad y al mismo tiempo esconder el deseo que la desgarraba, a todo lo cual había que añadir los celos. Desde el día de la boda se había debatido entre el dolor y el orgullo, pero en aquel momento la balanza se estaba desequilibrando, y era incapaz de saber cuánto tiempo seguiría controlando sus emociones o las necesidades físicas que había tratado de pasar por alto para poder sobrevivir, lo cual suponía un problema que no podía resolver por carecer de la suficiente experiencia.

Para empezar, tenía que volver al salón y cenar con él, y parecer que le estaba agradecida. Se secó y se puso una blusa blanca y una falda verde y larga hasta los tobillos. Daniel no se la había visto, como tampoco la mayor parte de su ropa, salvo aquel vestido de después de la boda que había querido desabrocharle para crear la ilusión de que la deseaba. No creía que se hubiera fijado en el camisón de la noche de bodas, porque para entonces solo la miraba a los ojos mientras ella pronunciaba las palabras que lo alejarían de su lado. Él todavía se sentía humillado por aquellas palabras y jamás las perdonaría, pero para ella podían ser su salvación, ya que le impedían olvidarse de su orgullo y tratar, de forma absurda, de que él la considerara una mujer, aunque solo fuera durante unas horas. «Solo una noche», pensó anhelante. ¿Era mucho pedir? Sabía que sí. Por eso, no se maquilló, para que no pareciera que se esforzaba en resultar atractiva, y se limitó a cepillarse el pelo.

Daniel estaba tumbado en el sofá viendo la televisión mientras se tomaba una copa de vino. Ella se dio cuenta de que la miraba de arriba abajo mientras le llenaba su copa.

—La cena ya está lista —dijo, y fue a la cocina.

Laine se sentó y vio que la mesa estaba puesta solo para uno.

–¿Tú no cenas? –le preguntó cuando volvió con un plato.

–He tenido una cena de negocios. Cómete esto antes de que se enfríe.

«Esto» eran unos deliciosos huevos revueltos con trocitos de salmón ahumado y tostadas.

–¡Qué sorpresa! –dijo después de probarlo–. No sabía que cocinaras.

–Me imagino que se podría escribir un libro con las cosas que no sabemos el uno del otro –dijo secamente mientras llevaba la botella y su copa a la mesa y se sentaba.

Al acabar, Laine se recostó en la silla dando un suspiro de satisfacción.

–¿Estas demasiado cansada para hablar? –preguntó Daniel.

–Depende del tema.

–Me temo que no es un tema fácil –dijo en tono cortante–. Quiero saber cuánto dinero te quitó tu novio en Florida. Jamie cree que te ha dejado sin blanca.

–Jamie no debería haber hablado de ello contigo –dijo ella sonrojándose–. No tenías derecho a preguntarle.

–Estaba aquí cuando te despertaste gritando.

–Pero no gritaba por el saldo de mi cuenta –tomó un trago de vino–. Además, todo eso se ha acabado. Tengo que olvidarlo y seguir adelante.

–Lo que parece es que estás retrocediendo –le tomó la mano y le examinó la palma mientras le pasaba el pulgar por la superficie.

Laine recordó que le había dicho que quería que tuviera las manos suaves para la luna de miel, por lo que la retiró y volvió a ruborizarse.

–No me digas que, al final, has elegido España –prosiguió él en tono sardónico–. Aunque me parece que el proyecto del golf no salió bien y que tu madre está ahora en Portugal.

–Lo que no salió bien fue el señor Tanfield. Pero mi madre siempre cae de pie, y ha encontrado un viudo rico que la adora.

–¿Estás en contacto con ella?

–No. Jamie cree que se ha quitado años y que no quiere que se sepa que tiene hijos adultos.

–Es todo corazón –dijo él en tono seco–. ¿Qué planes tienes? –preguntó tras una pausa.

–Es curioso. Te iba a preguntar lo mismo. Tu casa debe de estar casi lista, ¿no?

–Casi –volvió a llenarse la copa–. No ves el momento de librarte de mí, ¿verdad?

–Creía que estabas deseando marcharte para volver a tener intimidad. Sé sincero. Nunca te habrías quedado con este piso si hubieras sabido que me presentaría de repente.

–No, probablemente no.

–¿Sabes ya cuándo te mudarás?

–Todavía no. De hecho, ya no estoy seguro de que vaya a vivir en la casa cuando esté terminada. Tal vez la venda.

–Los constructores, los retrasos, los materiales... –apuntó ella recordando las palabras de Belinda–. Me imagino que, en determinadas circunstancias, todo eso puede quitarte las ganas.

–Pero no te preocupes. Pase lo que pase, no me voy a quedar aquí. Me marcharé en cuanto encuentre algo.

–Está bien –dijo en tono inexpresivo mientras llevaba el plato a la cocina. No esperaba que la siguiera ni que se apoyara en el quicio de la puerta mientras lo fregaba.

–No pareces muy contenta ante una noticia trascendental –comentó él–. Pensé que darías saltos de alegría. Y no me has preguntado por qué me voy.

«Porque ya lo sé. La he visto y he hablado con ella. Me doy cuenta de por qué quieres buscar un sitio nuevo y perfecto para vivir con ella».

–No es asunto mío –dijo encogiéndose de hombros.

–¿Tan difíciles han sido estos días? preguntó Daniel tras un silencio.

«Peor de lo que te imaginas», pensó. «Y lo peor será ver que te marchas y que esta vez es para siempre. Que no volverás a abrazarme ni siquiera por amabilidad. Que nunca sabré lo que es que me beses o me acaricies con pasión. Y que ni todo el orgullo del mundo me compensará, ni llenará el vacío de vivir sin ti, el de no haber sido tuya ni siquiera una noche».

–No. Has sido... muy considerado.

–Parece que es mi especialidad –dijo él con frialdad, y volvió al salón.

«¿Qué hago?», se preguntó Laine cuando se quedó sola. «Lo único que sé es que lo deseo más que a mi propia vida, y que nunca me perdonaré si no aprovecho esta última ocasión e intento, por una vez, que también me desee, demostrarle que no soy una niña. Aunque no sé dónde o cómo empezar a ser una mujer. Pero sea cual sea el precio, tiene que merecer la pena ser, por fin, su esposa, aunque sea brevemente. Y tener toda la vida para recordarlo».

Capítulo 10

LAINE se preguntó cómo se seducía a un hombre, sobre todo a uno que estaba sentado mirando al vacío, con expresión pensativa y la boca apretada, y que ni siquiera se daba cuenta de que se había sentado a su lado en vez de enfrente, como era de esperar. Tomó un sorbo de vino.

—Es extraño que empecemos a hablar justo cuando estás a punto de marcharte.

—¿Es que hemos hablado? —preguntó él con brusquedad—. Me ha parecido que nos hemos limitado a bordear los límites de temas en los que no queremos entrar.

—Podemos volverlo a intentar. Por ejemplo, me has preguntado si Andy me había dejado sin blanca. Pues sí, aunque tal vez no haya sido eso lo peor.

—No, te dejó a merced de otro canalla. Es imperdonable.

—Esa palabra es muy dura —dijo ella con vehemencia—. Todos merecemos que nos perdonen, porque a veces no podemos evitar lo que hacemos. Cuando tienes problemas y tu mundo se derrumba, tienes que tratar de salvarte a cualquier precio. Y si haces daño a otro, lo único que cabe esperar es que algún día entienda que te viste obligado a actuar así —esperó a ver si comprendía lo que trataba de decirle.

—Creo que la mayoría somos demasiado humanos para eso, azucena —sonrió cínicamente.

–No me llames así. Es un nombre infantil.

–Y probablemente inadecuado por otras razones. Le presento mis excusas, señorita Sinclair.

Laine sabía que él creía que se había acostado con Andy, que solo lo había rechazado a él, no a otros hombres. Y tenía que dejar que lo siguiera creyendo, porque si le decía que seguía siendo virgen, Daniel le haría preguntas embarazosas.

–¿Te puedo hacer una pregunta? –inquirió ella.

«Cuando te vayas, ¿te irás a vivir con Belinda? ¿Vais a casaros? Eso no puedo preguntárselo», pensó, «porque tal vez no me gustaría la respuesta». Una pregunta, enterrada en el fondo de su mente, casi olvidada, se abrió paso.

–¿Quiso mi madre acostarse contigo? –se oyó preguntar.

–Por supuesto que no –su expresión de asombro era genuina, pero su prisa en contestar resultaba menos convincente. La agarró de los hombros con brusquedad–. ¿Qué demonios te ha dicho? ¡Por Dios! ¿Se ha atrevido esa perra mentirosa a decirte que me la llevé a la cama? ¿Es por eso por lo que...?

–No, te prometo que no me dijo nada. Solo ha sido un comentario, algo que me había estado preguntando.

–Lo siento –dijo él apartando las manos–. No debería haber hablado así de ella. Vamos a dejarlo –hizo una pausa–. ¿Puedo yo ahora hacerte una pregunta?

–Supongo que sí.

–¿Por qué te casaste conmigo y después te negaste a ser mi esposa?

Laine sabía que acabaría preguntándoselo, y estaba preparada para responder.

–Porque me di cuenta de que, por muy buena intención que se tenga, el amor no se puede forzar, el amor de verdad, el que dos personas deberían sentir si van a vivir juntos el resto de sus vidas –inspiró profundamente–. Y cuando lo comprendí, supe que no soportaría un matrimonio que era una farsa y que tenía que ponerle fin.

–¿Así, sin más ? –preguntó él con voz dura–. ¿Sin darme la oportunidad de tratar de hacerte feliz ?

–Pero no podías hacerlo –no lo miró–. Tendría que haber fingido. ¿Y cuánto hubiera durado?

–Te he pedido sinceridad, así que no me puedo quejar de tu respuesta –echó un vistazo al reloj y se levantó–. Tengo que madrugar. Buenas noches.

Era en aquel momento o nunca. Laine extendió la mano y tomó la suya.

–Antes de que te vayas, Daniel, ¿me das un beso ?

–No necesito un premio de consolación, maldita sea.

–No es lo que te ofrezco –se levanto y se aproximó a él. Lo abrazó por debajo de la camisa y sintió los músculos duros de su espalda–. Por favor, Daniel –susurró, y todos los meses y años de espera resonaron en su voz–. Bésame, por favor.

Él vaciló durante unos instantes y luego la besó suavemente en los labios. Laine sintió que todos los nervios se le ponían de punta e, involuntariamente, se apretó contra él. Sus pezones endurecidos bajo la fina blusa de algodón rozaron el pecho masculino al tiempo que abría los labios invitándolo a una posesión más profunda e íntima. Él respondió, y sus lenguas se encontraron, pero se detuvo con brusquedad, alzó la cabeza y la apartó de sí. La miró sin sonreír.

–¿Qué pasa, Laine? ¿A qué juegas?

–No sé a qué te refieres.

–A que soy el mismo hombre que no soportabas tener cerca. ¿Qué ha cambiado ?

–Quizá soy yo la que ha cambiado –vaciló–. Eso pasó hace mucho tiempo.

–Es extraño, porque lo recuerdo como si fuera ayer.

–¿Y por eso ahora no me deseas ? –era la humillación definitiva, y ella se la había buscado.

–Al contrario. La idea de tenerte, por fin, desnuda y dispuesta en mi cama me resulta atractiva. Pero la magnitud de tu rechazo anterior me vuelve precavido. Supongo que lo entiendes. Así que ¿qué quieres de mí, Laine ?

–No lo sé –era la verdad. Era una puerta en su vida que todavía tenía que abrir.

–Pues piénsalo y decide antes de arriesgarte a cometer otro terrible error. Porque si llego contigo al punto de no retorno y descubro que has vuelto a cambiar de opinión, no me va a hacer ninguna gracia. No digas después que no te lo advertí –la soltó y se dirigió a su habitación.

–Daniel –casi susurró– quédate, por favor.

–No voy a estar lejos –le dijo deteniéndose en la puerta–. Si decides que quieres estar conmigo, ya sabes dónde encontrarme. Pero si vienes, más vale que estés convencida.

Cerró la puerta y la dejó en medio del salón. «No puedo hacerlo», pensó frenética. «No puedo presentarme ante él como una esclava ante el sultán. No puede esperar eso de mí». Y se detuvo. Porque era eso. No esperaba eso... ni nada de ella, porque creía que se le habría pasado la locura transitoria que la había llevado a abrazarlo.

Laine entró en su habitación. El camisón de la noche de bodas seguía allí, envuelto en papel de seda y metido en un cajón. Su intención había sido tirarlo, pero no lo había hecho. En aquel momento sabía por qué.

Flotaba a su alrededor como una nube vaporosa cuando fue al dormitorio de Daniel y abrió la puerta. Una de las lamparillas estaba encendida, pero él estaba tumbado de espaldas, inmóvil. Laine creyó que estaba dormido. Sin embargo, se dio la vuelta despacio, casi a regañadientes, se apoyó en un codo y la miró.

–¿Estás completamente segura? –le preguntó con suavidad.

Por toda respuesta, ella se bajó las hombreras del camisón y dejó que cayera al suelo. «Desnuda», pensó, «como él quería». «Ahora depende de que el deseo actual supere la ira anterior, y eso es algo que solo él puede decidir».

La miraba fijamente, como si no creyera lo que veía. De pronto, apartó las sábanas y se acercó a ella, ágil como una pantera. La abrazó y le echó la cabeza hacia atrás mientras la besaba por primera vez con apasionada urgencia, haciéndole daño en los labios. Su lengua era fuego en la boca de ella. Le recorrió el cuerpo lentamente con las manos, de la garganta a los muslos, en un gesto de total posesión. Siguió besándola mientras la tomaba en brazos y la llevaba a la cama.

—¿No apagas la lámpara? —dijo ella cuando por fin pudo hablar.

—No, quiero verte los ojos —le susurró al tiempo que se inclinaba sobre ella y le acariciaba la garganta, los hombros y descendía a los senos, rozándoselos con tanta habilidad, que ella lanzó un gemido—. Para saber que te gusta lo que hago.

—Puedo decírtelo.

—Podrías fingir —con los pulgares le acariciaba los rosados pezones, que se hinchaban y endurecían con su contacto.

—No lo haría.

—¿Es que nunca has fingido un orgasmo? Debes de ser la única.

Si había un momento para confesar que nunca había tenido un orgasmo ni experimentado ninguna de las otras delicias que se le estaban revelando a su cuerpo hambriento e inquieto, era aquel. Pero ya era demasiado tarde, pues Daniel le estaba besando los senos, con la lengua rodeaba sus pezones, produciéndole un placer tan insoportable, que comenzó a emitir sonidos incoherentes mientras se arqueaba hacia él.

–Sí, cariño –susurró él como si le hubiera hecho una pregunta–. Pero vamos a ir despacio. No tenemos ninguna prisa.

Le exploró el cuerpo con la punta de los dedos para conocer cada curva y cada hueco, como si fuera ciego y ella fuera el paisaje que tenía que descubrir para sobrevivir. Le dio la vuelta para recorrer la larga y temblorosa curva de su espina dorsal y el suave montículo de sus nalgas. A veces le murmuraba con voz ronca lo preciosa que era, cómo era la textura de su piel, su aroma, su sabor, con un candor hipnótico que debería haberla avergonzado, pero que la excitaba hasta límites insospechados. Solo una vez sintió vergüenza: cuando le empezó a acariciar con la boca el sedoso triángulo donde se unían sus muslos, con un objetivo evidente.

–No –gimió en voz baja.

–Digamos que todavía no –susurró él, y volvió a besarla en la boca mientras se desplazaba un poco para que ella sintiera la dureza de su miembro en toda su longitud y le deslizaba la mano entre las piernas para acariciar su centro húmedo y resbaladizo. Le introdujo los dedos y la acarició con exquisita minuciosidad hasta que ella comenzó a retorcerse por sus caricias y a jadear contra sus labios.

Hasta el momento en que él se colocó sobre ella y la penetró. Sus jadeos fueron entonces de dolor, al tiempo que trataba de retroceder, sorprendida e incrédula. No se esperaba que doliera. ¿Cómo le podía doler cuando lo deseaba tanto? Él se detuvo instantáneamente y esperó. En ese momento, el dolor desapareció, pero él salió de ella y se tumbó a su lado sin tocarla, con la cara sobre la almohada para tratar de controlar su agitada respiración. Laine se dio la vuelta, se puso en posición fetal y cerró los ojos.

–Lo siento, lo siento mucho –murmuró porque no sabía qué más decir, porque había deseado desesperadamente complacerlo, ser todo lo que deseara. Y, sin embargo, lo había vuelto a decepcionar a causa de su incompetencia.

—¿Qué sientes? —le preguntó con voz ronca e incrédula—. ¿De qué hablas?

—Creía que era un cuento de viejas —murmuró abatida—. No creí que me fuera a pasar a mí, que iba a tener tan mala suerte —sintió la mano de él en el hombro tratando de calmar el temblor incontrolable que la invadía.

—Laine, mírame. También hay cuentos de viejos —le dijo con suavidad— sobre lo maravilloso que es saber que la mujer que tienes en tus brazos no haya pertenecido a otro hombre. Tampoco yo me los creía. Hasta ahora. Y me siento afortunado.

—Pero no has tenido... —dijo con voz vacilante.

—Ni tú tampoco —le puso el dedo en los labios—. Pero lo tendremos, te lo prometo.

La abrazó y se quedaron en silencio mientras le besaba suavemente el pelo, la frente y los ojos. Laine comenzó a excitarse de nuevo hasta que, ansiosa, lo atrajo hacia su boca. Suspiró cuando las manos de él retomaron el seductor recorrido de su piel, apretándose contra él y sintiendo cómo se le aceleraba la sangre. Él se detuvo suave y voluptuosamente en sus senos, y ella quedó extasiada ante el bálsamo de sus labios y su boca. Luego probó la fragancia de su propia piel, cuando él volvió a besarla larga y profundamente en la boca. Pero cuando sus manos afanosas le alcanzaron los muslos, se puso tensa sin querer.

—Relájate, cariño —susurró él—. No te voy a volver a hacer daño.

Y ella se rindió. Sus caricias fueron diferentes entonces, delicadas pero seguras. Buscó el delicado capullo de su feminidad y lo rozó suavemente con la punta de los dedos al principio, para luego ir aumentando lentamente la presión hasta que la delicia de sus sensuales caricias comenzó a parecerse a una tortura. Laine se quedó sin respiración al darse cuenta de que comenzaba a perder el control, de que se acercaba a un límite cuya existencia había desconocido hasta ese momento, un límite que trascendía todo lo demás por su intensidad. Llegó a la cima y se mantuvo allí para luego hundirse en una explosión de placer, con todo su cuerpo convulsionado en exquisitos espasmos. Y mientras gritaba, perpleja de alegría, él la atrajo hacia sí, y esa vez el húmedo interior de ella no ofreció resistencia a su poderosa virilidad. La hizo suya.

Daniel se quedó quieto durante un rato, abrazándola y besándola mientras sus sentidos se recuperaban del descenso de las alturas a las que él la había conducido, hasta que estuvo lista para la nueva y sorprendente realidad del cuerpo de Daniel dentro del suyo y del suave movimiento de sus caderas. Ella se dio cuenta de que ese movimiento le provocaba otras sensaciones extraordinarias que le exigían que se volviera a concentrar, de modo que su cuerpo se adaptó a las nuevas circunstancias y aceptó con alegría cada vibrante centímetro del de él, y quiso más. Ella lo agarró por la nuca y sus bocas se buscaron con urgencia. Al mismo tiempo, el instinto hizo que levantara las piernas para entrelazarlas en torno a las caderas de él. Entonces, como si se hubiera disparado un resorte, Daniel comenzó a moverse lenta y rítmicamente al principio, más deprisa y con más fuerza después, y era como si en cada embestida la penetrara más profundamente. Y ella se dejó arrastrar por la marea que la llevaba, consciente de que, por increíble que pareciera, su cuerpo volvía a responder, de que, desde un lugar escondido en su interior, reconocía y daba la bienvenida al placer, lo buscaba y no iba a dejarlo escapar. Y, en ese momento, él le dijo, con voz ronca y agitada, que tenía que ser entonces, que ella debía... Entre sollozos, Laine alcanzó el éxtasis con todo su ser y gritó mientras el cuerpo de él se estremecía al haber llegado al clímax.

Después, se produjo un silencio. Daniel se había desplomado sobre ella con la cabeza entre sus senos, todavía dentro de ella. Al final se apartó lentamente, a regañadientes, y fue al cuarto de baño a ducharse. Laine, exhausta, se percató de que la euforia comenzaba a evaporarse, sustituida por la realidad. Daniel la había llevado al paraíso, pero no había habido promesa alguna de felicidad eterna. Aquello no era una noche de bodas, sino una relación sexual con un hombre instigada por ella misma. Se preguntó qué tenía que hacer, si había un código de conducta posterior al coito. ¿Debía volver a su habitación, puesto que Daniel se había marchado? Pero, mientras buscaba el camisón, Daniel volvió, desnudo y con una esponja y una toalla. Se sentó en la cama y retiró las sábanas. La miró y frunció el ceño. Ella siguió su mirada y vio que tenía los muslos manchados de sangre.

—¡Oh, no! –gimió avergonzada mientras él le limpiaba la mancha y le daba la toalla–. Lo siento.

—Soy yo quien debería sentirlo. ¿Te he hecho mucho daño, cielo?

—No me acuerdo –trató de sonreír–. Será mejor que te deje dormir –añadió apresurada.

—Buena idea –apagó la lámpara, se metió en la cama y la atrajo hacia sí.

—¿Quieres que me quede? –no estaba segura.

—Claro. Después de lo mala que has sido conmigo, lo menos que puedes hacer es quedarte.

Él se durmió en el acto y ella escuchó el sonido suave y regular de su respiración y deseó poder dormirse también. Pero, aunque su cuerpo estaba cansado, tenía la mente totalmente despierta, repleta de pensamientos e imágenes que hacían que diera vueltas inquieta en la cama.

—¿No te duermes?

—No puedo. No quería molestarte.

—No te preocupes. Quizá pueda hacer algo. ¿Quieres una bebida caliente? ¿Te canto una nana? O incluso puedo hacer esto –y la volvió a penetrar.

Fue casi como un sueño, una sucesión de sensaciones deliciosas e inolvidables y una escalada sostenida sin prisas hasta el éxtasis final. Laine sollozó al llegar al orgasmo. Y tras el éxtasis llegó la paz, y se quedó dormida, por fin, en brazos de su amante.

Cuando abrió los ojos era de día. Daniel ya se había marchado. Le parecía que todo su ser había renacido, y sonrió para sí al recordar cómo se había producido. Se preguntó, sin embargo, cómo se las había arreglado Daniel para no despertarla. Se dijo, de mala gana, que eran los años de práctica. Miró el despertador y ahogó un grito al ver que iba a llegar muy tarde a trabajar. Al levantarse vio un papel al lado de la lamparilla. Contenía un breve mensaje.

Cariño: He llamado a tu empresa para decirles que hoy no irás. Tengo una reunión por la mañana, pero estaré libre para comer, así que nos vemos en el Savoy a la una y media. Tengo que decirte una cosa.

Iba firmada solo con su inicial. Laine dobló el papel con lentitud. A pesar de todo lo que había pasado entre ellos la noche anterior, Daniel no mencionaba la palabra «amor» ni una sola vez. Y no era sensato esperar demasiado de una cita para comer, que podía ser el equivalente a un ramo de flores, si era eso lo que hacían los hombres después de acostarse con una mujer, de lo cual ni siquiera estaba segura. De hecho, no estaba segura de nada. Pero tenía algo de esperanza.

Así que ¿qué se ponía una para comer en el Savoy con un amante? Buscó en el armario y, al final, encontró el vestido amarillo que se había puesto al comenzar la luna de miel. Recordó que Daniel había querido quitárselo. Cuando acabaran de comer y volvieran al piso, le iba a animar a que lo hiciera, a que le fuera desabrochando cada botón, a ver cuándo se le agotaba la paciencia.

Salió temprano para la cita y tomó un autobús al West End. Mientras se dirigía al restaurante, iba mirando los escaparates sin verlos, porque se preguntaba qué era lo que Daniel quería decirle, en un sitio público, además. ¿No podía haberla despertado por la mañana y habérselo dicho? Ensimismada en sus pensamientos, casi chocó con alguien que salía de una tienda.

–Perdona –dijo una voz femenina–. ¿No eres Laine Sinclair?

Laine se dio cuenta, horrorizada, de que se trataba de Belinda.

–¡Qué alegría que nos hayamos encontrado! ¿Tomamos algo? –prosiguió Belinda mientras la arrastraba al café más próximo.

«En una ciudad con millones de habitantes, ¿cómo me tropiezo con la última persona a la que querría ver?», se preguntó Laine. Pero tenía que haberla tenido en cuenta, tenía que haber pensado que estaba tratando de cazar en un coto vedado. Pensó con tristeza que, si Belinda no tuviera una relación con Daniel, le hubiera caído bien, que incluso hubieran podido ser amigas, y que no se sentiría culpable.

–¿Has estado de compras? –le preguntó Belinda al ver la bolsa que había dejado en la mesa.

–He comprado mi perfume favorito –«el que llevaba anoche», pensó.

–Yo llevo usando el mismo toda la vida y, de pronto, no soporto el olor. Puede ser que me haya cansado, pero creo que se trata de otra cosa –se inclinó hacia Laine–. Sé que no nos conocemos, pero si no se lo digo a alguien, reviento. Estoy embarazada.

De pronto, Laine comenzó a ver borroso mientras con total normalidad e interés felicitaba a Belinda.

–Es estupendo –Belinda dio un suspiro de felicidad–. No lo había planeado, pero estoy encantada.

–Me imagino que tu compañero –dijo Laine mirando la mano sin anillo de Belinda– también lo estará.

–Su reacción inicial dejó mucho que desear. Como no lo habíamos planeado... Pero me ha pedido perdón y se ha mostrado muy emocionado. Sé que será un padre maravilloso. Ya sabes quién es.

–Sí –dijo Laine con una calma sorprendente. Si se tomaba el café que había pedido, se pondría enferma, quizá lo suficiente como para morirse y no tener que pensar en que Belinda iba a tener un hijo de Daniel, en que se iban a casar y a formar una familia–. Será maravilloso con los niños –y pensó cómo podía haber ocurrido lo de la noche anterior si él ya sabía todo aquello. Había sucedido porque ella se había arrojado a sus brazos y él había optado por ser amable y no humillarla rechazándola. Pero, a largo plazo, no significaba, para él, un cambio de planes. Y eso era lo que quería decirle durante la comida en el Savoy, un lugar público donde podía estar seguro de que ella se comportaría correctamente y de que no le montaría una escena. Al menos, él había tenido la decencia de no fingir que la amaba.

–Ahora te pueden decir de qué sexo es el bebé –Belinda seguía hablando alegremente–, aunque no estoy segura de querer saberlo. ¿Tú querrías?

–Probablemente no –miró el reloj y fingió un sobresalto–. ¿Ya es tan tarde? Tengo que ir a trabajar. Me alegro mucho de verte –le dijo con una sonrisa que era casi una mueca–. Te deseo lo mejor, a ti y a tu compañero –y consiguió salir a la calle. Comenzó a deambular sin saber adónde iba. En su interior solo había oscuridad y la certeza de que se le estaba partiendo el corazón.

Capítulo 11

QUERÍA desaparecer, que no se supiera nada de ella, que era lo que también había querido al marcharse a Florida. No había servido ni iba a servir para nada, porque era un acto de cobardía. Volvió al piso, se puso el uniforme, dejando el vestido amarillo en el suelo y se fue a trabajar. Al volver tendría que enfrentarse a Daniel, acabar con aquello y salvar el poco orgullo que le quedara. No podía culpar a nadie, salvo a sí misma, de lo ocurrido. La anulación del matrimonio había dejado libre a Daniel para seguir teniendo relaciones, y si iba a ser feliz con Belinda, ella no tenía derecho alguno a interponerse en su camino. Que sus deseos y emociones hubieran anulado su sentido común y su decencia era su problema. Lo que había pasado era una forma de acabar con lo que habían empezado dos años antes. Y así tenía que considerarlo. No podía sentarse con Daniel en un restaurante caro para que le dijera con voz suave que su relación no tenía futuro, y él nunca debía saber que ella había tenido la esperanza de que las cosas fueran distintas, de que podían tener la oportunidad de ser felices. Así que, una vez más, era ella la que debía romper la relación. Mientras limpiaba, comenzó a trazar un plan.

–¿Por qué no has acudido a la cita? –le preguntó Daniel cuando ella volvió al piso.

–Te dejé un recado. ¿No te lo dieron?

–Sí, me dijeron que no vendrías. Ahora quiero una explicación.

–No puedo librar si no es necesario. Tengo que ganarme la vida, por lo que debo establecer prioridades.

–Y es evidente que en tu lista no ocupo un puesto elevado, y que lo de anoche no ha cambiado las cosas.

–¿Qué quieres que te diga? ¿Que has superado con creces tu considerable reputación? ¿Que eres una maravilla en la cama, una revelación, la norma por la que se deberían regir todos los futuros amantes? Pues sí, lo reconozco. Pero ambos sabemos que ha sido una aventura, así que no deberíamos darle más importancia.

–¿Una aventura? –repitió Daniel lentamente.

–No finjas que no sabes de qué hablo, ni que no has tenido unas cuantas. Soy adulta, Daniel, y sé cómo funcionan estas cosas.

–Entonces quizá podrías enseñarme, porque anoche pensé que aquello era el principio de algo.

«¿Cómo me dices eso, Daniel? Ya tienes otro compromiso. Y ella te necesita», pensó Laine. Quería gritarle, acusarlo, llamarlo mentiroso, canalla... pero sabía que tenía que mantenerse firme si quería sobrevivir.

–¿Quieres que te sea sincera? Como dijiste, nuestros caminos se separan. Y te confieso que siempre había querido saber cómo sería perder la virginidad con alguien que realmente supiera lo que hacía, y parecía que esta era mi última oportunidad. Ya he satisfecho mi curiosidad, así que fin de la historia.

–Si no me falla la memoria, has satisfecho algo más que la curiosidad.

–Pues sí, pero eso no significa que necesite repetir.

«¿Cómo soy capaz de hacer esto?», se preguntó retorciéndose de dolor en su interior. «¿Cómo reduzco a una mera trivialidad toda la belleza, la dulzura y la pasión que he descubierto en sus brazos, su forma de llevarme al éxtasis?».

–¿Y qué pasaría si volviera a hacerlo? –preguntó él con voz dura, dando un paso hacia ella.

–Que me defendería, lo que lo convertiría en una violación.

–¡Dios mío! –murmuró él y se dio la vuelta. Siguió hablando dándole la espalda–. Te pedí que fueras al Savoy para hablar. ¿No te interesa lo más mínimo saber lo que quería decirte?

–Fuera lo que fuera, no va a cambiar las cosas, porque no es asunto mío. La vida nos lleva por caminos distintos. Yo lo acepto. ¿Por qué tú no?

–Porque no me estás diciendo toda la verdad –se volvió hacia ella con una expresión indescifrable–. Ibas a venir a la cita. Lo sé porque cuando me dieron el recado vine aquí, pues se me ocurrió de pronto que, después de lo de anoche, quizá no te atrevieras, por timidez, a verme a la luz del día en un restaurante lleno de gente. Y, en tu habitación, encontré un vestido en el suelo del que me acordaba. Era evidente que ibas a ponértelo y que cambiaste de idea, y quiero saber por qué.

–Porque anoche fue anoche. Eso fue todo y no habrá más. Esta vez he cambiado de opinión antes de cometer otro terrible error.

–¿No crees que el sacrificio de tu virginidad ha sido un error? –su voz era cortante–. ¿Que debía haber sido el privilegio del hombre al que amas?

–El hombre al que amo ya no está, y fui yo quien hizo que se marchara –miró al suelo temerosa de que se diera cuenta de que hablaba de él–. Y no va a volver, así que seguir célibe en esas circunstancias no tenía sentido.

–¿Me estás diciendo que, a pesar de todo, ese hombre te sigue importando?

–Lo que intento decirte es que no elegimos a quien amar y que quizá haya descubierto que soy mujer de un solo hombre, cosa que, por fantástico que sea, el sexo no va a cambiar.

Se produjo un silencio glacial, que a Laine le pareció eterno. Daniel se fue a su habitación. A ella le temblaban las piernas y se sentía sucia por dentro y por fuera, pero parecía que su plan había dado resultado. Y lo había hecho sin hacer referencia a Belinda, a la paternidad de Daniel ni a nada que pudiera haberla hecho derrumbarse frente a él. Al volver, Daniel llevaba una bolsa de viaje, una maleta y el ordenador personal.

–Me llevo lo que necesito esta noche. El resto vendrán a recogerlo mañana –y se marchó.

Laine comenzó a adelgazar, como observó Denise en el trabajo. No podía comer, y lo que tragaba lo vomitaba. También empezó a dormir mal. Pero al menos había tomado una decisión con respecto al piso. Jamie y Sandra se habían asentado en Nueva York. Hablaban de casarse, y era evidente que no pensaban regresar, por lo que era lógico vender el piso y dividir el dinero con su hermano. Además, desde que Daniel se había ido, tres semanas antes, le resultaba insoportable vivir allí. Aunque no había dejado nada personal, todo le recordaba a él y lo mucho que lo seguía queriendo. Ni siquiera pudo trasladarse a su dormitorio, ya que le traía recuerdos demasiado dolorosos. Hasta le daba miedo leer el periódico, por si lo mencionaban o aparecían fotografías de su boda. Así que lo mejor era vender el piso y empezar de nuevo. Quizá estudiar algo, en vez de dejar que los días fueran pasando sin tomar decisión alguna porque estaba demasiado abatida y cansada. Y tal vez llegaría el día en que estaría contenta de abrir los ojos al despertarse.

Esa tarde, al volver a la oficina central, la señorita Moss, le dio un sobre y le dijo que lo había dejado un joven. Laine lo abrió y leyó una líneas escritas a máquina.

Tenemos que volver a vernos. Estaré en el restaurante Blakes de la calle Jurgen a partir de las ocho. Ven, por favor.

No estaba firmada.

–¿No dijo quién era?

–No, solo que se la diera.

–¿Cómo era? –insistió Laine–. «Tiene que ser Daniel. Nadie más sabe dónde trabajo. Pero ¿por qué así, de repente, tras casi un mes de silencio absoluto?».

–No me fijé. Creo que guapo, si a uno le gustan de ese tipo. Y está totalmente prohibido confraternizar con los clientes –añadió en tono duro.

–Me alegra saberlo. Gracias –y se fue a casa sin saber qué hacer con aquella nota. Estuvo una hora deambulando por el piso, presa de confusión y pánico. Se preguntaba qué mal podía haber en volverlo a ver solo esa vez. Sabía que tenía que romper la nota y quemarla, y dejar de especular sobre los motivos por los que quería verla. Se decía que no estaba obligada a acudir a la cita, y se lo repitió mientras planchaba el vestido amarillo. Y se lo siguió repitiendo mientras entraba en el restaurante. El camarero le pidió que lo siguiera.

–Ha llegado la señorita Sinclair –dijo, mientras ella miraba incrédula a quien la esperaba.

–Hola, bonita –la saludó Andy, con la sonrisa franca y cálida que ella recordaba muy bien–. Me alegro de volver a verte.

–¿Tú? –preguntó con furia–. No me lo creo.

–Como pensé que sería una situación difícil, no firmé la invitación. Tómate algo. Parece que lo necesitas.

–¿Qué demonios quieres?

–No parece que te alegres de verme.

—¿Alegrarme? —Laine lo miró como si tuviera cuernos—. ¿Después de robarme y dejarme a merced de esa escoria que no merece el calificativo de humano? Podía haberme violado, ¿no se te ocurrió pensarlo?

—Ya sabes que una mujer con la falda levantada corre más deprisa que un hombre con los pantalones bajados. Siempre creí que saldrías bien librada. Tengo algo para ti —se metió la mano en la chaqueta y le tendió un papel doblado.

—¿Qué es? —le preguntó mientras lo agarraba de mala gana.

—Es un cheque bancario. Por tu parte del barco. Supuse que no te fiarías de un cheque personal.

—¡Dios mío! —exclamó ella al leer la cifra.

—Así que estamos en paz —se inclinó hacia ella y bajó la voz—. No quería dejarte tirada, te lo juro. Pero tenía problemas y debía salir de allí lo antes posible.

—A mí me pasó lo mismo —se guardó el cheque en el bolso—. Y ahora también tengo que marcharme, así que buenas noches.

—Laine —le pidió con voz ronca—, no te vayas. Tienes todo el derecho a estar furiosa, pero trato de reparar el daño que te hice. Me he recuperado económicamente y busco algo nuevo en lo que invertir, sobre todo si encuentro un socio. Formamos un excelente equipo la vez anterior, y esta vez sería incluso mejor —la miró a los ojos con expresión triunfadora—. Quizá intimáramos y llegáramos a ser pareja, como siempre he querido. ¿Qué me dices?

—Nada, porque no puedo decir ciertas cosas en voz alta en un restaurante respetable. Fui una estúpida al fiarme de ti. Creo que nunca me has caído bien. Y no querría irme contigo ni por todo el oro del mundo. Esa es la versión educada, y espero haberme expresado con claridad.

—Claro que sí—el tono encantador dejó paso al desprecio—. Pero tenía que intentarlo. Era parte del trato. Y

ahora que me has rechazado, hazme el favor de decirle
a tu novio que me quite de encima a sus gorilas.

–¿Qué novio? No sé de qué me hablas.

–Tu magnate editorial y sus detectives privados –
frunció el ceño–. ¿Crees que te habría devuelto el dinero
si no hubieran dado con mi paradero y me hubieran presionado? –se rio con furia–. Lo mejor de todo es que afir-
ma que me quieres y que estarías dispuesta a perdonarme
y a olvidar. Pues ese canalla se ha equivocado de medio a
medio –la miró con insolencia–, lo cual es una pena, porque me halagaba la idea de que, secretamente, hubieras
estado suspirando por mi cuerpo. No me importaría llevarte a mi hotel y enseñarte un par de cosas en la cama, a
pesar de que estás demasiado delgada para mi gusto.
Aunque supongo que tu amigo millonario ya lo ha hecho,
¿verdad? Pobrecita, Laine. No debes de haberle causado
muy buena impresión si está deseando traspasarte. Me
marcho en busca de mejor compañía. No hace falta que
tú también te vayas. Pero te dejo que me pagues el vino.
Espero que no te importe. Que lo pases bien.

Ni siquiera lo miró. Se recostó en el asiento y cerró
los ojos. La cabeza le daba vueltas. Daniel había hecho
eso por ella: buscar a Andy, a quien creía que ella amaba, y obligarlo a que la compensara económicamente.
Incluso le había sugerido que podrían volver a verse
porque ella se lo había dicho. Y la había creído. Se había tragado aquella ridícula historia. ¿Por qué se había
tomado tantas molestias? Tal vez porque así se sintiera
menos culpable por haberse acostado con ella y traicionado a Belinda, porque su vida seguía adelante mientras ella se había quedado sola, o porque seguía sintiendo una especie de obligación hacia la «carga» que
había heredado de Simon. Había intentado librarle de
ella, pero también en eso había fracasado.

Pagó la cuenta y, cuando iba a salir, sintió una mano
en el brazo.

–Laine, te hemos visto entrar y que tu... amigo se ha marchado. ¿Estás bien?

Se dio la vuelta y se enfrentó a la hermosa cara de Belinda, que denotaba preocupación. Quiso morirse, porque pensó que Daniel estaba allí para asegurarse de que Andy y ella se habían reconciliado y que había triunfado el amor. Trató de tranquilizarse.

–Muy bien. Era un antiguo conocido, y hemos descubierto que ya no tenemos nada en común.

–Pobre –la compasión de Belinda era genuina–. Pero no te vayas, por favor. Estoy con mi esposo y nos encantaría que te quedaras con nosotros.

Belinda llevaba anillo de casada, por lo que Laine pensó que la boda se habría celebrado sin que ella se enterara.

–No, no puedo, de verdad.

–¿Por qué no? –insistió Belinda–. A fin de cuentas ya os conocéis.

«Por eso, precisamente», quiso gritarle Laine. «No puedo sentarme con tu amante y recordar cuando era el mío, ni reírme, comer y beber como si no me importara».

–Al menos, salúdalo –prosiguió Belinda.

–Bueno, solo un momento –se le había revuelto el estómago, pero se obligó a sonreír. Siguió a Belinda hasta una mesa semioculta por una gran planta; por eso no los había visto al entrar. La pesadilla terminaría enseguida, y podría irse a casa. Se preparó mentalmente para saludar al marido de Belinda, que se había levantado educadamente para saludarla. Y vio a un hombre robusto, de pelo castaño y cara agradable, al que había visto, por última vez, dos años y medio antes, en la recepción posterior a la boda, flirteando con Celia. «¡Dios mío!», pensó. «Es el padrino de Daniel».

–¿Guy Lawson? ¿Eres tú el marido de Belinda? –preguntó con voz vacilante–. No lo entiendo.

–¿Qué es lo que no entiendes? –sus ojos azules eran fríos.

–Creía que se había casado con Daniel –tenía la boca seca–. Estuvisteis en mi piso– prosiguió ante la mirada de asombro de la pareja–, pasasteis la noche allí –se llevó las manos a la boca y miró a Guy horroriza-da–. ¡Oh, Dios mío!...

–Escucha –dijo Belinda–, Dan me encontró cojean-do bajo la lluvia porque se me había roto un tacón. Yo estaba de un humor de perros porque había tenido una pelea con Guy durante la cena y me había marchado dejándome el bolso en la mesa del restaurante, por lo que no tenía llaves ni dinero. Así que me metió en un taxi, y cuando me negué tajantemente a volver a casa, me llevó a su piso, donde me echó un sermón sobre lo fácil que es dejar que el amor se nos escape y pasar el resto de la vida lamentándolo. Me prestó su cama, y él durmió en el sofá. Mientras yo estaba en el cuarto de baño, llamó a Guy, le recomendó que dejara que me calmara y que me pasara a recoger por la mañana, que es exactamente lo que pasó –hizo un gesto de impoten-cia–. Creía que lo sabías. ¿No le preguntaste a Daniel lo que había pasado, por qué estaba yo allí?

–Claro que no –dijo Guy en tono desdeñoso–. ¿Cuán-do le ha importado lo que le pasara? Fui uno de los pobres diablos que trataron de consolarlo cuando ella lo plantó en la luna de miel. E incluso después de aquello, Daniel ha estado ahí cuando lo ha necesitado. Es increíble.

–Guy –dijo Belinda en tono de reproche.

–Ya era hora de que alguien se lo dijera –volvió a mirar a Laine de modo implacable–. Si no lo querías, ¿por qué no lo dejaste en paz? ¿Por qué no te quedaste donde estabas? Pero no, tuviste que volver, y ahora es él quien se marcha.

–No sé de qué hablas.

–Se va a vivir a Estados Unidos. Va a vender la casa

en la que tanto tiempo lleva trabajando y se marcha. Allí están las oficinas centrales de la empresa, pero el hogar de Daniel siempre ha estado aquí, en Inglaterra. Pero eso va a cambiar de modo definitivo: lo vamos a perder.

–¿Y tengo yo la culpa de eso? –Laine, que todavía no se había recuperado del mazazo que habían supuesto sus palabras, se cuadró y se encaró con Guy–. ¿De querer más de mi matrimonio de lo que Daniel podía darme? ¿De querer que me amara como a una mujer, no como a un gatito perdido al que hubiera salvado de ahogarse y que solo necesita un buen hogar para ser feliz? ¿Es pedir demasiado?

–¿Amarte? –Guy casi escupió la palabra–. ¡Por Dios! ¡Si estaba loco por ti! ¡Perdidamente enamorado! ¿Qué más querías?

–No, no lo estaba. No lo entiendes.

Se detuvo al darse cuenta de que estaba a punto de revelar su secreto más preciado. De pronto, la cabeza le comenzó a dar vueltas. No sabía lo que hacía, porque Daniel se iba para siempre. Se le hizo un nudo de dolor en la garganta.

–Os estoy estropeando la noche. Será mejor que me marche –trató de sonreír a Belinda–. Espero que te vaya muy bien.

–Laine –Belinda salió a la calle detrás de ella, pálida y angustiada–. No te vayas así, por favor. Lo siento mucho. Guy no quería disgustarte, pero admira mucho a Daniel; todos lo hacemos. Y se sorprendió mucho cuando le dije que estabais viviendo juntos. Hasta ese momento, no sabía que Daniel hubiera estado casado ni lo que había pasado. Nadie me lo había dicho.

«No», pensó Laine con tristeza mientras se marchaba tras haber abrazado a Belinda. «No había sido dicho, como tantas otras cosas. Y ya es demasiado tarde. Y debo aprender a aceptarlo».

Capítulo 12

ESTABA exhausta cuando salió del ascensor y se
dirigió al piso. Al introducir la llave en la cerradura se dio cuenta de que no estaba echada. Pensó que habían entrado a robar, lo cual era un final perfecto para aquella maldita noche. Abrió la puerta con
precaución, echó una ojeada al interior y se detuvo al
ver que el intruso seguía allí, sentado en el sofá. Se había quitado la chaqueta y la corbata y desabrochado la
camisa. Había una botella de whisky sobre la mesa y
tenía un vaso medio lleno en la mano.

—Daniel —casi susurró su nombre, como si decirlo
en voz alta fuera a hacerlo desaparecer. Entró y cerró la
puerta—. ¿Qué haces aquí?

—Necesitaba un sitio donde pensar sin que me molestaran —dijo mirando el vaso—. Y este me pareció el
más indicado.

—¿Cómo has entrado? —se quitó la chaqueta y la
dejó en el respaldo de la silla—. Los de la mudanza me
devolvieron la llave.

—Era la de Jamie. Sigo teniendo la mía.

—¿Has venido aquí a beber? —preguntó Laine mirando la botella.

—No a beber, sino a irme al diablo, a destruirme, a
borrarme del mapa —alzó el vaso y examinó el contenido—. Antes se usaba como anestesia. Si bebías lo suficiente en el campo de batalla, te podían amputar un
miembro sin que te enteraras. Iba a ver si era verdad, si

de verdad elimina el dolor –dejó el vaso en la mesa–. Pero el experimento tendrá que esperar, porque has llegado y querrás que te devuelva tu piso. Siento haberte importunado.

–¿Qué clase de dolor? –preguntó ella.

–Tiene muchos grados, pero el principal es el que me produce el pensar que estás con otro hombre y que dejas que te bese y te acaricie como yo lo he hecho.

–Pero no estoy con otro hombre –dio un paso adelante.

–No. ¿Se puede saber por qué?

–Hemos decidido que no estamos hechos el uno para el otro –se sentó frente a él–. De todas maneras, no he perdido el tiempo esta noche –sacó el cheque del bolso–. Esto es un montón de dinero. Y debe de haberte costado mucho tiempo y dinero conseguirlo para mí. Ni siquiera sabías su nombre completo.

–Jamie me lo dijo.

–De todas formas, una parte de este dinero es tuyo.

–De ninguna manera –Daniel vaciló–. Si quieres compensarme, deja ese trabajo sin futuro y haz algo mejor con tu vida. Lo siento –dijo estremeciéndose al ver la frialdad de sus ojos–. No es asunto mío.

–Siempre he sido asunto tuyo, Daniel, lo quisieras o no.

–También siento que las cosas no te hayan salido bien en otros aspectos.

–Como te dije una vez, no se puede elegir a la persona amada.

–Sería mucho más sencillo que fuera así. Poner una señal en una casilla y ya está. Nada de esperar ansiosamente una mirada, una sonrisa. Ni contar las horas hasta volverla a ver. Ni soñar con la noche en que por fin la tendrás en tus brazos.

–Creí que habías elegido la casilla que ponía Belinda –dijo con los ojos en el regazo.

–¿Estás loca? –preguntó, incrédulo, incorporándose en el sofá.

–Me la encontré aquí hace unas semanas vestida únicamente con una camisa tuya y creí que era tu novia. Luego me la volví a encontrar cuando iba a comer contigo, y me dijo que estaba embarazada. Supuse que eras el padre y pensé que lo mejor era desaparecer.

–Es la segunda vez que pongo mi vida a tus pies y la rechazas.

–Pero Belinda estaba en el restaurante esta noche con su marido. Y me informaron de una serie de cosas.

–¿No se te ha ocurrido que yo podía haber hecho lo mismo si me hubieras preguntado?

–Quizá me daba miedo.

–¿Me tenías miedo? Me cuesta creerlo.

–Me daban miedo las respuestas –vaciló–. Y tú también, un poco.

–Bueno, ya da igual. Nuestros caminos se separan. Supongo que Guy y Belinda te habrán dicho que me marcho de Inglaterra.

–Sí. ¿No es una decisión algo drástica?

–Puede ser. Pero a veces hay que dejar de soñar y enfrentarse a la realidad.

–¿Mirando el fondo de un vaso? ¡Menuda realidad!

–Eso no es asunto tuyo –le dijo con voz suave mientras agarraba la chaqueta–. Me marcho.

–Todavía no, por favor. Tengo que preguntarte una cosa –tragó saliva–. ¿Qué querías decirme ese día en el Savoy?

–Ahora ya no importa.

–Quería saber si ibas a decirme ... que me querías, lo cual tendría mucha importancia.

–Antes no te parecía que pudiera tenerla –dijo él con total naturalidad–. Pero, ya que lo mencionas, te he querido toda mi vida, pero me enamoré de ti el día que cumpliste diecisiete años, cuando temblaste al besarte. Yo también temblé.

–¡Dios mío! ¿Por qué no me lo dijiste? –le preguntó angustiada.

–Porque me daba vergüenza. En primer lugar, eras demasiado joven para comprometerte así, tenías que acabar de estudiar, hacer una carrera y vivir un poco, en segundo lugar, creía que si Simon hubiera sabido lo que pensaba, me habría matado. Y estaba en lo cierto.

–Pero Simon quería que te casaras conmigo.

–De ninguna manera. Nos peleamos por eso. Casi nos pegamos. Simon te seguía considerando su hermana pequeña, necesitada de protección. Me advirtió que no te tocara ni un pelo.

–Pero te pidió que te ocuparas de mí si le pasaba algo.

–Sí, pero en los términos que él había establecido –hizo un gesto irónico con la boca–. Debía ser una especie de hermano para ti, tu tutor y amigo, pero nada más. Y me dejó muy claro que, con independencia de lo que yo deseara, nunca sería tu marido ni tu amante, porque eras una niña inocente, y yo, justamente lo contrario.

–Pero eras su mejor amigo...

–Y como tal, no se hacía ilusiones sobre mí –hizo una pausa–. Pero ¿cómo sabes que me pidió que me ocupara de ti?

–Le escribiste una carta en la que accedías, pero decías que no era lo que querías –le dijo mirándolo a los ojos y totalmente pálida–, que yo era una carga para ti. Candida la halló entre las cosas de Simon y me la enseñó justo antes de la luna de miel.

–Candida... ¡Qué mal bicho! Simon rompió con ella antes de marcharse de viaje, de lo cual, sin duda alguna, me echaba la culpa, aunque te juro que no dije nada en contra de ella mientras estuvieron juntos. Pero Simon había comenzado a darse cuenta de que su belleza solo era externa, que tenía un alma mezquina y malvada. Mostrarte la carta fue su modo de vengarse.

—En su momento se lo agradecí –dijo Laine en voz baja–. Implicaba que te habías casado conmigo únicamente por compasión, por Simon, y no pude soportarlo. Me resultaba intolerable la idea de que me acariciaras o me hicieras el amor por bondad. No podía vivir en esa mentira.

—¡Por Dios, Laine! Te deseaba más que a nada el mundo. A duras penas conseguía no tocarte. ¿No te dabas cuenta?

—Nunca me dijiste ni hiciste nada para demostrarme lo que sentías.

—No me atrevía. Eras demasiado joven y, en mi fuero interno, lo sabía –hizo una pausa–. No era mi intención que nos casáramos tan pronto. Creí que Simon volvería, que podríamos disfrutar de un largo noviazgo en el que te fueras haciendo a la idea y, como yo no era un santo, irte enseñando cosas nuevas. Luego me enteré de que te llevaban a España, y ya no hubo tiempo que perder.

—Pero incluso después de pedirme que me casara contigo, no...

—Cariño –le dijo mientras se sentaba a su lado y tomaba sus manos–, sabía que el sexo era algo desconocido para ti y que era muy fácil cometer un error y echarlo todo a perder. Creía que te sentirías más feliz y segura si fueras mi esposa cuando nos acostáramos por primera vez. También me preocupaba cómo reaccionarían en tu casa si nos convertíamos en amantes –añadió con gravedad–, porque Candida y tu madre te hubieran hecho la vida imposible, y no quería que te vieras en semejante situación. Además, para serte sincero, también yo estaba asustado.

—¿Asustado? ¿Tú? No me lo creo.

–Pues es verdad. Nunca antes me había enamorado, y me sentía vulnerable. Y tú no me animaste mucho, amor mío, así que comencé a pensar que no era única- mente por timidez, sino que, en realidad, no me desea- bas. No me habías dicho que me querías, y ni siquiera estaba seguro de que supieras lo que significaba el ma- trimonio: no solo el sexo sino el hecho de compartir nuestras vidas.

–Pero tú tampoco me dijiste que me querías –susu- rró ella–, ni siquiera la noche en que...

–Cariño, te lo decía cada vez que te acariciaba. Y antes de aquella noche, cuando te miraba, cada vez que entrabas en la habitación. El día de la boda creí que el corazón me estallaría de amor por ti. Luego subiste a cambiarte, risueña y entusiasta como siempre, pero ba- jaste convertida en una desconocida que se negaba a hablarme o a mirarme. Y no sabía por qué. Parecía que la peor de mis pesadillas se había hecho realidad, y no sabía qué hacer.

–Pero en la carta a Simon parecías tan poco dis- puesto...

–Comprendo que lo pareciera –asintió Daniel–, fue- ra de contexto. Además, en ella accedía a pasarme el futuro inmediato siendo tu hermano, cuando mis senti- mientos no podían ser menos fraternales, así que mi falta de disposición era comprensible. Pero lo que no viste, cariño, fue la respuesta de Simon, que aún con- servo y que te enseñaré un día. En ella decía que lo ha- bía estado pensando y que se había dado cuenta de que no tenía derecho a decir lo que había dicho ni a exigir- me que me ocupara de ti de una determinada manera; que estaba acostumbrado a verte como a una niña y que no se le había ocurrido pensar que te estabas convir- tiendo en una mujer a la que amaba y deseaba hacer mi esposa; y que sería un error impedir mi deseo de corte- jarte, ya que, después de reflexionar, creía que era lo

que tú también querías, solo que antes no había presta-
do atención a las señales. Así que me dejaba libre para
amarte y cuidarte como deseaba. Y añadió que, si nos
controlábamos hasta que volviera, sería el padrino en la
boda.

–Ojalá lo hubiera sido –murmuró ella.

–También yo lo he deseado cada día desde entonces. Pero creo que ahora nos ha entregado el uno al
otro, ¿verdad?

–Sí –dijo Laine con un leve suspiro–. ¡Oh, sí! Una
vez te dije que nunca te había robado, pero no era verdad. Porque te he robado dos años en los que hubiéramos podido ser felices.

–Es verdad –dijo él, sonriendo–. Me aseguraré de
que tengas muchas oportunidades de compensarme durante el resto de nuestras vida. Hasta que la muerte nos
separe, no me conformaré con menos –la agarró y la
sentó en su regazo, la abrazó y la besó al tiempo que le
susurraba todas las cosas que ella deseaba oír–. Pero tenías que haberme dicho la verdad, cielo –le acarició la
mejilla mientras recuperaban la respiración–, haberme
contado lo que te preocupaba.

–No me atreví –dijo ella arrepentida–. ¿Y si hubieras reconocido que era todo verdad? No hubiera podido
soportarlo. No tenía garantías de que no fueras a hacerlo, ni mucha esperanza.

–A mí me dejaste sin esperanza alguna, furioso y
amargado –Daniel suspiró–. Me dije que lo superaría,
que me adaptaría a una vida de la que no formaras parte. Pero por mucho que lo intenté, no lo conseguí. Me
di cuenta de que eras la única mujer que deseaba por
esposa y de que tenía que recuperarte a cualquier precio, por mucho tiempo que tardara en lograrlo. También supe que había sido un estúpido al marcharme sin
haber luchado por ti. Y cuando me enteré de que te habías ido a Florida con ese canalla, casi me volví loco.

Iba a seguirte hasta allí, raptarte en el barco si era necesario. Después, me calmé y pensé que podías estar enamorada de verdad de ese cerdo, y que tenía que esperar, por muy difícil que me resultara. Mientras tanto –prosiguió– me mudé aquí. Vivir en tu piso y dormir en tu cama era una alternativa que dejaba bastante que desear, pero era lo único que podía hacer para estar cerca de ti. Al mismo tiempo me di cuenta de que necesitaba algo más que ofrecerte, además de mi mano y mi corazón, un incentivo extra que te convenciera de volver a intentarlo. Cuando volviste y me percaté de que me odiabas, supe que iba a ser una dura lucha y que iba a necesitar toda la paciencia y el autocontrol que poseía.

–No te lo puse fácil –dijo Laine, acurrucándose en sus brazos.

–No, cariño. Ni siquiera cuando por fin nos convertimos en amantes estuve seguro de ti. Así que, después de comer en el Savoy, tenía la intención de llevarte a ver tu regalo de boda. Aunque aún no estaba terminada, iba a decirte que esa era la casa que habías dicho que querías: un lugar para fundar una familia, donde los niños crecieran y fueran felices, como lo fuimos nosotros. Porque es así, ¿verdad, querida? No son malos todos los recuerdos.

–¡Dios mío! –exclamó Laine mientras se incorporaba y lo miraba con los labios entreabiertos–. ¿Has comprado Abbotsbrook? –se le quebró la voz–. Esa es la casa que has estado reformando, ¿verdad? ¿La has comprado para nosotros?

–Sí, y fue un completo acto de fe, porque no tenía garantías de conseguir que volvieras conmigo. También se me ha ocurrido desde entonces que tal vez no te seduzca la idea, así que quiero que sepas que no tenemos por qué vivir allí, que podemos buscar otra casa, si lo prefieres.

–No, no –lo abrazó riéndose y llorando a la vez, be-

sándolo por todas partes–. Me parece una idea maravillosa ¡Oh, cariño! ¿Cuándo podré verla? ¿Podemos ir
ahora?

–Podríamos hacerlo –comenzó a desabrocharle los
botones amarillos lentamente y con infinito cuidado–.
Pero tengo otros planes para el futuro inmediato que tal
vez te resulten igualmente interesantes.

–¡Oh! –exclamó Laine con un grito ahogado al sentir su mano dentro del vestido–. Bueno, podemos ir
mañana. O pasado mañana.

–O incluso –dijo Daniel en voz baja– al día siguiente –y comenzó a besarla.

Bianca

Los votos del matrimonio podían romperse...

Lara Gray tenía fama de atrevida, pero seguía siendo virgen; y, cuando se encontró con Raoul di Vittorio, el hombre más atractivo de Roma, se quedó atónita. ¿Cómo era posible que la hubiera cautivado tanto en una sola noche?

La impresionante y refinada Lara no sabía que el tenaz y rico Raoul necesitaba una esposa temporal tras el desastre de su primer matrimonio. Lara era perfecta para ese papel. Pero, si se quería salir con la suya, Raoul tendría que hacer dos cosas: convencerla para que se casaran y mostrarle las ventajas de convertirse en la nueva señora Di Vittorio.

UNA OSCURA PROPOSICIÓN
KIM LAWRENCE

Acepte 2 de nuestras mejores novelas de amor GRATIS

¡Y reciba un regalo sorpresa!

Oferta especial de tiempo limitado

Rellene el cupón y envíelo a

Harlequin Reader Service®
3010 Walden Ave.
P.O. Box 1867
Buffalo, N.Y. 14240-1867

¡Si! Por favor, envíenme 2 novelas de amor de Harlequin (1 Bianca® y 1 Deseo®) gratis, más el regalo sorpresa. Luego remítanme 4 novelas nuevas todos los meses, las cuales recibiré mucho antes de que aparezcan en librerías, y factúrenme al bajo precio de $3,24 cada una, más $0,25 por envío e impuesto de ventas, si corresponde*. Este es el precio total, y es un ahorro de casi el 20% sobre el precio de portada. !Una oferta excelente! Entiendo que el hecho de aceptar estos libros y el regalo no me obliga en forma alguna a la compra de libros adicionales. Y también que puedo devolver cualquier envío y cancelar en cualquier momento. Aún si decido no comprar ningún otro libro de Harlequin, los 2 libros gratis y el regalo sorpresa son míos para siempre.

416 LBN DU7N

Nombre y apellido	(Por favor, letra de molde)

Dirección	Apartamento No.

Ciudad	Estado	Zona postal

Esta oferta se limita a un pedido por hogar y no está disponible para los subscriptores actuales de Deseo® y Bianca®.
*Los términos y precios quedan sujetos a cambios sin aviso previo.
Impuestos de ventas aplican en N.Y.

Rompiendo todas las normas

Brenda Jackson

La primera norma de Bailey Westmoreland era no enamorarse nunca de un hombre que te llevara lejos de tu hogar. Entonces… ¿por qué se fue a Alaska detrás de Walker Rafferty? Bailey le debía una disculpa al atractivo y solitario ranchero y, una vez en Alaska, su deber era quedarse y cuidarle hasta que se recuperara de sus heridas.

Pero no pasó mucho tiempo hasta que Bailey comprendió que su hogar estaba donde estuviera Walker, siempre que él estuviera dispuesto a recibir todo lo que tenía que ofrecerle.

¿Sería capaz de romper sus propias normas?

¡YA EN TU PUNTO DE VENTA!

Tuvo que marcharse de la isla con algo más
que un tórrido recuerdo

Stergious Antoniou no ha-
bía vuelto a ver a su con-
flictiva hermanastra, Jodie
Little, desde la noche en
que ambos dieron rienda
suelta, al fin, a la atracción
prohibida que palpitaba entre ambos. Jodie había
vuelto a Atenas durante un
periodo crucial en las nego-
ciaciones de un acuerdo
que su presencia podía poner en peligro, de modo que
Stergious decidió retenerla
cautiva en su isla privada
hasta que todo hubiera terminado.

Jodie quería enmendar el
pasado, pero, al estar cerca
del irresistible Stergios, había vuelto a caer esclava de
su destructivo deseo. Una
última noche ilícita debería
dejar atrás de una vez por
todas la atracción…

UNA NOCHE GRIEGA
SUSANNA CARR

5